臺灣原住民文學選集

詩歌 二

孫大川——主編

目錄

陳宏志

〈身後事〉（二〇二一）

〈我已分辨不清〉（二〇二二）

Walice Temu，一九七五年生，南投縣仁愛鄉泰雅族。畢業於高雄師範大學國文學系，曾任職國中小代課老師數年，目前自由業，專寫文案。

自幼愛好文學，每每浸淫而不覺疲累，後期創作自覺身分的不同，轉為替民族發聲為主。曾獲臺灣文學獎、玉山文學獎、吳濁流文學獎、鍾肇政文學獎、大武山文學獎、屏東文學獎、打狗鳳邑文學獎、臺中文學獎、後山文學獎、原住民文學獎等獎項。

身後事

幾杯後，你忽然想到了
以後的事。一句吐著一句
有風吹來，夾帶的塵埃
讓我突然渺小

你說：
其實，土葬比較好，又安靜
像在土壤裡播種子。就是我怕火吧
你們從來不知道，只是
我們的地愈來愈少了

不要懷念我。這裡，沒有人懂得
那苦澀的一生

不要請宗教人士來
他們的唱讚，沒有我們 m'uwas lmuhuw[1] 好聽

停放三天吧，我要等一個人
三天後沒來，那就算了
有的人僅僅代表美麗的剎那
總會錯過
那個木箱裡，不用裝太多衣物
土裡面，哪裡還感覺得到
世上的炎涼

我需要門牌嗎？我的居所在哪裡？

---

1 m'uwas lmuhuw：泰雅語，意指「傳統泰雅族歌謠」。

找一個像樣的石頭就好
上面要刻什麼，我是誰？
叫什麼？我想了一生了
那麼，刻上 mxayan[2] blay[3] 吧
這輩子，我忍著從來沒說出口
所以，你刻的時候
輕一點

有空就來坐坐，這裡風不會很大
鋪張報紙，酹一點酒，祖先便會同席
我就在附近，你會看見你點給我的菸頭上
有我的 insuna[4]
不用祈禱，我沒有能力保佑你
一切靠自己

聊聊家事，談談那些果樹長果實了沒有
最近忙了什麼，孩子有沒有聽話
不要提舊事，我哪裡會忘記
你看，石頭上的那個名字
不要提我們的未來，一切我都早就料到
你看，石頭上的那個名字

---

2 mxayan：泰雅語，「感到疼痛」之意。
3 blay：泰雅語，「非常」之意，而 mxayan blay 為複合詞，「痛徹心扉」之意。
4 insuna：泰雅語，「呼吸」之意。

我已分辨不清

部落，生養了許多詞語
有 ngahi[1]，mlyap[2]，betunux[3]……以及 ay[4]
它們長在土裡
懸在枝頭上，浮在暖風中
有的羸弱，有的豐腴
從小，我就學會了區別和使用
用苧麻、闊葉、野草和花朵
編織樸實的飾物
戴在父親頭上，掛在母親髮梢

在寒冷的季節裡
我撿起一堆枯萎的枝葉
在篝火裡燃燒。火光

溫暖破舊的老屋，照亮家人的臉龐
我嘗試將這些詞語帶到別處
它們在背簍裡躁動
在迅捷的高鐵上，輕聲呢喃
它們陪伴我，在異鄉
無數個失眠的夜晚
漸漸失去光澤，讓我失去將它們
再次排列的興趣

異鄉的狂風，風乾我的雙眼

---

1 ngahi：泰雅語，「地瓜」之意，名詞。
2 mlyap：泰雅語，「打獵」之意，動詞。
3 betunux：泰雅語，「漂亮的」之意，形容詞。
4 ay：泰雅語，「唉」之意，感嘆詞。

異鄉的暴雨，將我貧瘠的詞語
浸溼。只在寧靜的月圓之夜
我學得的詞語才安靜下來

回到部落，我與久別的親朋打招呼
它們仍在土地上趴著，在樹上掛著
在老家屋頂上懶懶躺著
它們有的面容枯槁，有的骨瘦如柴
以前最常使用的 siliq[5]，也喑啞無聲
我想喚醒獵槍、炊煙和溪流的靈動
我想用一把鐮刀、小米的質樸
我還想借一些杵臼、酒甕的厚重
可是，我已分辨不清
那些詞語，編織不了一篇散文
排列不成一首新詩

昔日的無憂，眼前的傷悲
看得見的沉鬱，望不穿的愁苦
那局部的蒼涼
只在我胸腔裡狼奔豕突

我在祖先走過的山徑上
跪了下來，拿米酒祭拜
壓抑已久的酒杯，淚水滿出來
滴在焦渴的土地上
路旁一棵快要倒下的紅檜上
等候多時的烏鴉
只一聲嘆息

---

5 siliq：泰雅語，「希利克鳥」之意，名詞。

撒韵・武荖

〈部落的味道〉(二〇一一)
〈找生命的路:原舞者《找路》進山排練詩札〉(二〇一三)
〈蘭嶼之歌〉(二〇一五)

Sayum Vuraw,一九七六年生於花蓮撒固兒部落,撒奇萊雅族。生命的源頭來自於兩個文化豐盛的族群,而在意外中發現了己身的撒奇萊雅族身分,於是極力尋找,得到祖母的名,一個撒奇萊雅族的名「Sayum」這美麗的音節。因為想要知道撒奇萊雅是誰,在二〇〇四年成立「撒奇萊雅族——奇萊樂高隊」,和一群撒奇萊雅族人一起籌備族群正名運動。為向族人起誓正名成功的堅定和決心,把留了十幾年的長髮一刀剪去,剃成了大光頭。這是個人的「新生」,也將是族群的「重生」。二〇〇七年在族人的努力之下,終於在行政院通過正名,躋身臺灣原住民族之列。正名過後,投身文化復振,生命經歷以原住民族群運動、學術研究與祭儀文化的學習為滋養,致力推動臺灣原住民族當代的轉型正義,連結跨族群的文化治理。培育原住民青年學子的族群認同與文化知識學習。

部落的味道

大便

部落旁邊的海邊那邊
一位小子　小便
如果不害羞你也可以在那裡
大　便
那年夏天，水璉那邊又看見到一位老人
在海邊大便
如果你方便就在海邊大便

部落人生本來有吃，就有拉
那年夏天之後，我總是看到
有人在海邊

方　便

不便就不能方便
不管小便還是大便
海邊都可以
很方便
我很想方便我也不能不便
海邊不便但一切都在變
於是我只好在美麗灣的海邊方便

浪女在城市

在城市裡
聽不到部落孩子天真的笑聲
浪女啊……你何時回家？
在城市中不能隨意方便、

沒有部落的溫暖、也沒有山林的依靠
沒有海浪拍打岩石的聲音
部落男人要戴上鋼盔去打工
我要穿上窄裙高跟鞋說歡迎光臨
五十幾層高的樓是部落男人蓋出來
油頭西裝褲老闆說要蓋高一點才看得到海
但我什麼也望不著
我在電梯裡向客人道晚安
高處不勝寒

部落三合一

你要保力達還是補力康？
我要維士比可是雜貨店裡的國農缺貨
在部落你遠遠地就可以看到婦女在農田忙碌的身影

她們身上沒有脂粉和香味，
但有勞動的汗味配上濃濃的維士比味道
知道嗎？當你在部落的時候是你最快樂的時光
那個連狗都躺在海邊晒太陽的時光
不知道你在城市裡可以感受到什麼
如果有
那只是
只是思念吧
思念部落

風的顏色

我曾見過風的顏色　那是在稻浪翻滾的時候
那是白色，是稻葉晒不到太陽的那一面

我曾聞過風的味道　是 ama 抱著 ina 的黃昏
土地賣給有錢人　午後的風是
心酸的味道

我曾聞過風的味道　就在你的陽臺上
你緊緊抱住我的那副往城市移動的軀體
那是你身上最後一抹殘餘部落的味道

我曾見過風的顏色　那是在我與部落男人生完第一個孩子的早晨
初升而赤裸的早晨
那是我決定將五光十色的城市遺留在火車票的票根的
那個早晨　沉穩而安靜的部落

我曾聞過雨的味道　就在部落孩子抓到 kodu（狗蝨子）的雨天
我曾見過空氣的顏色　是在 bai 留下的鼻息裡呼出來的鼻屎裡

我曾見過風的顏色就在我從城市回家的路上部落左邊拐來第三個巷子的第二根電線桿左手邊有個芒果樹前面直走閃過一片茄苳林之後面有一條小狗方便的海邊的十三點鐘方向爸爸藍色小發財右邊後照鏡仰角四十五度看見媽媽的斗笠前面的

家

找生命的路：原舞者《找路》進山排練詩札

排練場

走　三兩踮步滑入排練場
黑膠地板是一片瀝青的布幕
甩著我未乾的青春
沉沒　當我們以肉身堆疊成河
緩緩滑移出柔軟的河床
窗簾就長成了森林，黑板就化成了夜幕
日光燈撒降下來，成為了樹影橫斜
有光，給了線條
風吹，動了薄霧
松風、光、薄霧，三層生命彼此印染

倏地，風起熱烈，吹響了山林
薄霧化為水，水汩汩滲進大地裂縫
原來尋尋覓覓的生之紋路早已盤根錯節
生命因此茁壯成為老樹

路徑

一條在心中慢慢形成的路徑
如冰涼，滑入心底
如風，傳遞著聲音
層層劃開妳的心、層層覆蓋妳的天真
走在這條山徑如走在心事上就
快要觸動瘋狂起舞的風
妳細緻的靈魂
浸漫在逐漸成形的路徑上

當妳的時間走過我面前
岩壁上就開滿了引路的芒草結

沙韻的路

一下子踩空了心事
身體浸入南澳溪柔軟的藻泥菁荇
風雨落下如流星，沉入紫色的河裡
山路高高低低，月光下
一群帶著醉意的泰雅族人
腳步急遽呼喚著妳
妳像那稍稍停留的漣漪，蕩開
隨即無影無痕，河邊的樹林低著頭
那一天，只因妳往與眾人相反的方向去

妳命運的土壤，我如今終是踏上

我是你借來的名字

我借來妳的名字，走進泰雅爾的森林
遂在月光下看見妳
妳的名字躺臥在溪水裡、跳躍在山間
牽起這裡的土，牽起這裡的文化
岩壁上爬滿子孫的思念，我們得以對生命謙卑
當我摘下妳的名字，森林的天空就會下雨
但妳的名字教會我愛、勇敢與寬容
當我從排練場走出，森林、山水因而退位
像那布景倏地拉起，年代遠去
大而平坦的柏油路展開
我忽然忘了回家的路怎麼走

蘭嶼之歌

羅漢松

北方之島，Ibayat 人這樣稱呼我們
我們的話一樣　中間隔著大海 wawa
Ibayat 人羨慕北方島嶼
他們有美麗的族語和文化
像那遠方羅漢松的嫩葉
膝蓋等長的思念
那是五年漫漫的歸途啊
我卻在漢人的盆栽看見你
屹立衝天的姿態

（我們伸展自不同的枝枒，卻喫著島嶼相同的水
烈焰風雨，嫩葉緊緊抓著曾經失了根的頭皮……）

潮水在陰間堆積成淚水
暗暗地湧動成為暖流
那是很多卑微的訴說
島嶼的自己慰藉自己
唱著動人魂魄的鄉愁
女人烏木黑的髮
甩成一片又一片的浪花

兄弟

兄弟，我們是如此相像，兄弟……
我們是北方陸地的盡頭

你們是南方所有的美好
一千年前我們曾在海上相見
我奮力擺尾，飛向另一種天空的藍
你緊追著我，以你額上絢爛的大刀
切進那黝黑的深海

一千年後
北方依然是陸地的盡頭、流浪的盡頭
四排九棟的國宅是國民政府的沙雕、山羊和豬的家
漁人不住海砂屋
我們的祖屋，那是有本事讓呼吸很長的家
而南方 Ibayat 你們，依然是黃金、動物、鬼頭刀的家嗎？
你們羨慕的北方之島
如今已是核廢料的家

我們是 Tao 人
我們的島嶼受傷了
我們平靜的海被馬達切出一道道傷痕
女人的黑髮時髦了
小孩要去臺灣念書了
兄弟啊！把小船划下水
讓我們在黑潮裡碰頭，在黑潮裡分手
死後我們約好在海中射魚
挖一把羅漢松的土，葉脈上有星光
划槳的手紋一時竟忘了年紀
我們將一同憑弔島上的歷盡滄桑
在同樣的陽光裡漆上皺紋
羅漢松下解我們的憂傷
順著海流的韻律而唱

蔡雲珍

〈微電影〉（二〇一二）

Sunay Swana Olaw，一九七六年生，臺東縣長濱鄉僅那鹿角部落，阿美族。出生於基隆和平島，都會區原住民，畢業於國立臺北教育大學教育創新與評鑑研究所。國立臺北教育大學畢業後，二〇〇六年考進公共電視（公廣集團原民臺），企劃並主持兒童節目八年之久，文章曾幾度刊登於捷運報、原教界，曾獲原住民族文學獎。二〇一四年，長子升小學一年級時，毅然決然重回教職，認為透過教育與陪伴，是孩子長出力量的關鍵。二〇一九年，獲得親子天下「百大創新教師」肯定。

近年致力推動族語教育，兩年前擔任新北市本土語文指導員，協助新北市原民語輔導團出版族語學習教具，以及族語數位影音等學習教材，至今仍為了持續推動、推廣原住民族語言、文化教育而努力著。

微電影

00:00:03　場一　日式木造矮房

O ci panayay o ci panayay to falinono howayan.[1]
隨著老婦渾厚且帶著微顫的歌聲　映入眼簾的
是一座不起眼的日式木造矮房
向前一看
它質樸的木紋訴說著歲月靜默的陪伴
而窗角不經意瞥見的塵埃　像痴等浪子歸巢的守候　堆積
再向內望
一桌　二椅　三老婦
檳榔　荖葉　麵包果[2]
這麼簡單再不過的待客盤飧
Mamu[3]的笑　竟可以蹉跎一整個下午

00:01:43　場二　矮房和倉庫間

矮房右側幾步的距離
是一處鐵皮屋加蓋的倉庫
裡頭的主人是　農具　單輪車　和　田鼠
有時　它也是akong[4]暫時的居留所
再向前幾步約莫矮房的正門
恰到好處的方形空地大剌剌地仰望天

---

1 這是作者從小一直聽到阿嬤唱的歌，名為〈迎親歌〉。詞中說到的falinono，是一種很好的糯米，用這種糯米招贅夫婿的話，表示招親家庭的富足，也意謂著能夠招贅到很有肩膀的丈夫。

2 麵包果：花東地區特有的家鄉食材，大部分的阿美族人拿來和小魚乾一起煮湯。

3 Mamu：阿美族語，「外婆」之意，也泛指與外婆、奶奶差不多年齡的女性長輩。

4 akong：阿美族語，「外公」之意。這裡整段在說明阿美族這樣的母系社會，老一輩夫妻吵架時，男子通常不敢進主屋，而是去倉庫等著女性氣消、請他回去主屋，表現出一種尊重彼此的文化。

那是穀粒晒日光浴的地方　是孩子嬉戲狂奔的場所
也是左鄰右舍席地蹲坐分享美食的廳堂
沒有阻隔的屋牆
螢火窺探　青蛙對談　清風路過也留下欽羨的讚嘆

00:03:19　場三　黃昏的晒穀場

斜陽　像舞臺燈光一樣地打在晒穀場上
Matu'asay[5]　即興地哼唱
蟬鳴在反覆記號的地方　一部二部的加入
大王椰子葉偶時興起跟著小節打拍子
就連地上的落葉都來沙沙沙的妝點音符
部落協奏曲　隨風的腳步　沿著海岸線踏浪　到　下一個村落
沒有太多剪接　沒有失真後製
這樸拙的畫面　像是明信片上的風景

只是
彷彿聽得見一曲動人樂章

00:04:49　場四　家屋門口

一隻黝黑粗糙的手握著木製的門邊　不甚搶眼
鏡頭拉近看見的
是手上龜裂紋路的數盡滄桑
木製門輕輕地喀啦喀啦作響
門後　探出一張皺紋交織的臉龐
是微笑的眼　棕紅的嘴　和一頭灰白的髮
一個孩子緊緊抱著老婦的腰際埋首撒嬌

---

5 Matu'asay：指老人家。

畫面定格　暖流　如泉水經過旱地般的滋養
O wawa ako![6]
O wawa ako!
這句話在淡淡鹹味的空氣中　飄搖　迴盪

00:05:27　**場五　臺北的醫院病床**

冷冽的空氣瀰漫著刺鼻的藥水味
突然　類格　雜訊　黑畫面　彷彿墜落另一個時空
病床上　是我的 Mamu
握著微溫的粗糙的手　氣息這樣微弱
Lumowad![7]
Akakafuti'![8]
我嘶吼
我的微電影還沒完結

下次我們去　去妳指定依山傍海的山頭[9]
那個妳說
妳說滋養我們長大的沃土

---

6 O wawa ako! O wawa ako!：我的孩子啊！我的孩子啊！

7 Lumowad!：「醒來」之意。

8 Akakafuti'：「不要睡著了」之意。

9 依山傍海的山頭：隱喻著作者幾代以前的老家，也是作者 Mamu 小時候住的家。

賴勝龍

〈北上〉（二〇二〇）

Talu，一九七七年生，臺東荒野部落阿美族，目前在臺東航空站擔任消防員。因少時很享受跑步，故將跑步的專長與對文字創作的熱愛化為文學篇章。

他獲得多次臺灣原住民族文學獎小說、散文獎項及後山文學獎，也以〈中華路上的老兵〉獲得第二屆金沙書院兩岸散文獎二等獎。他關注不同族群、身分與生命處境的小人物；在他的白描與勾勒下，小人物為重要之事努力、掙扎的神情與姿態總是格外動人。著有《奔跑在太陽升起的地方》。

北上

我還很小，那時候
外婆在倉庫碾米
她說，要把米帶去臺北給舅舅
隔天的夏夜
外婆提了兩大袋
有一袋是自種的蔥和芋頭
裡頭還放了兩罐醃豬肉
來到山下等公車
外公留在家裡照顧牛
公車載我和外婆來到火車站附近下車
外婆提著沉重的袋子走進車站
看著外婆站在售票口的背影
擔心售票員聽不懂外婆的漢語

很久的等待
買到了無座的莒光號車票

深夜十一點四十分，火車動了
車廂只有輪軌規律的聲響
漆黑的窗外，光點閃爍
經過的陌生地
鎖住我茫然的思緒
時間跟著火車走
我和睡著的外婆被別人叫醒
望著窗外，是迷濛的花蓮月臺
慌張地從別人的座位上離開
外婆在走道上席地而坐
我躺在外婆身旁的地板上
又是一段冗長的輪軌聲

那一夜不知有多少雙腳從我身旁跨過
窗外天色漸亮
樹林站就快到了

走出車站，坐上陌生人的計程車
窗外全都是繁華的風景
連車裡的氣味都很繁華
看著外婆嚴肅的臉
我才明白
為什麼總是從臺東搭夜車上來臺北
原來是外婆永遠買不到座位票
八個多小時的路程
只好選擇晚上睡覺，天亮就到的列車
計程車把我們載到一個感覺不對的街頭
司機確信他沒有來錯地方

收了錢，便走了
外婆提著袋子著急地在街上尋路
看見巷口那間熟悉的小商店
整個世界又變得熟悉了
稍後外婆見到舅舅，也發出了熟悉的笑聲

伍聖馨

〈始〉（二〇〇一）

〈謅〉（二〇〇三）

〈誰〉（二〇一〇）

Abus Takisvilianan，一九七八年生，南投縣信義鄉明德部落（Naihunpu）布農族。畢業於臺中師範學院，就讀彰化師範大學臺灣文學研究所，現從事國小教職。

二〇〇一年以新詩〈戰在霧社〉和短篇小說〈剖〉獲第二屆中華汽車原住民文學獎肯定。擅長向內自剖地梳理自身與文學、社會、族群文化之間的關係，她自認：喜歡無所事事只閱讀，從小就習慣用書寫記錄生活裡的點滴，只要有情感，天馬行空，哪裡都是入口和出口；希望自己用情感寫著風格、寫著故事。著有詩集《單．自》。

始

誰想執筆寫萬千？
有天，銀杏抖落一地的窸窣
數起來也是萬千

於是，我束起面頰上的髮
　膽敢從扉頁的右上角
　　沿著白紙的厚度
　　　橫一弧
　　　　到左

霎時，一條線分了兩緣
文字與我……

謅

有些許的心情，是在離去家鄉多時才會冒出。
而在一個綠的景致裡，才能體會複雜的長線，牽著心緒。
從來一直黏著，從來不曾厭煩，如此我才會不遺忘。
不遺忘一種美好的束縛，不遺忘心的固執，不遺忘自己。
而自己妄想美好的一天，是步履輕搖過小溪的一天。
如今卻印上，車水馬龍。
雖悵，還是笑容淺淺，依然寬容。
今兒個，生命的思考正圍起，攪著好些不明白
反覆，反覆，反覆……

走遠的人哪！
別等到白髮皤皤才悟出遠走的蹣跚，毀了青春的眼孔啊！
若是！

那就去哀探深沉的瞳子，問起一個山谷的小徑。
那就去傾聽竹風緩奏告別式的樂音，憑弔歸來的心願。
那就去刻上墓誌銘前空蕩的腳蹤。

反思吧！
在如何的淺窩裡，才能不顧推敲的疑慮，勇敢做了未知？
雲的白，天的藍，啟示著……
也許能看見，而能拋卻恐懼的捲浪，投進文化的洪流。
也許能發現，天空的扉頁不屬於希望的開頭，而是啟程。
所以，來吧！
弱勢的小草，鋪滿孤寂的大地吧！
即使仍須低頭，仍須彎起身子……

告別家鄉多時
常會以為一株的綠意，竟然能忙了落地的枯葉

急著訴說小草的霸道
還在生裡死裡刺探累癱了的記憶……
接著就是這樣子了
以一首隨了心思的曲
緩緩地
唱起……

誰

莎士比亞說：我就是我
而我說：我是誰？
因我無法是浪漫主義覺得的　我應該存在
也無存於現實主義的　我就是存在
其實我嚮往巴洛克那種華麗詭異頹唐
但我卻連邊也沾不上
我只能說：我不是我

喝下紅的液體
連自己的血液也不比純粹的
紅
拋卻雜質

卻自以為能洗淨　原罪
原罪　是人所鄙棄的野蠻和無知

人說頭蓋骨上的亂髮是殺戮的舞蹈
而我編織一條辮子吊掛起犧牲
人說赤腳踩踏大地　是愚
而我親吻泥巴石子
親手掩埋　軀體

雨來了
我拿起杵
陣陣的落點循著遠古的腳印敲響人說的自哀
但我說是自挨
挨上雨的凌亂和瘋狂
因而我可稍稍摸上現代主義標榜的上帝已死

所以我有足夠的理由繼續跟著雨　迷狂

風將門震開
跨出　我
嘴邊滲進紫色的暈色
開始旋轉自己的　眩
身體就可以隨心地符合大小
如泡沫　黏答答成為報紙裡一角
再溼成意識形態的堅持　去征服
原來早沒了脈搏的杵
是以　只能　我
自個兒數著騷動之後而鬆散的節奏
然後怪罪因雨而腐臭
凋零　支離破碎的杵啊！

也不停歇的
這一晚　風雨狂亂
門開在後頭
而杵埋在土石裡
我
蹲著
不出聲

胡志偉

〈以歌記史：側寫民族音樂家陸森寶的卑南之聲〉（二〇一〇）
〈夜訪賽德克·巴萊〉（二〇一一）

一九七九年生於臺東，長於臺南，長期定居於臺北，現任職於鄭州。專職行銷企劃廿餘年，業餘時間寫，偶有作品散見於報章雜誌。曾獲林榮三文學獎、全國學生文學獎、臺灣原住民文學獎。

以歌記史：側寫民族音樂家陸森寶[1]的卑南之聲

「要以歌聲、琴聲伴我
當我躺臥死去時
將勝過千萬人的眼淚……」

告別時，每一個呼吸都成喟嘆
肺腑不作聲響，詞曲上揚，唯有
萬籟和鳴。當匍匐的風吹撫大地
喪禮上我們吟唱詩歌，發出軫慨
男女的肢體延伸出韻腳

家鄉所有地名都隱喻著神祕的音節與試探
月光自東邊傾斜，慰勞多少迷途的窗口；
吟遊的靈魂泅途南邊，在溫泉中仰臥受洗；

船隻夜泊北方港口，將漁獲帶到餐盤中；
猴群閑在時光中散步，見西方杉林與蒼鷹終老
然而，歌曲末節仍留有許多傳誦的詞彙
未能替流浪的餘音釋疑去向，我們被迫於在
神明前招認，長憶思鄉的歌喉與生俱來
趁夜裡輕哼禱歌，亂夢中預見使者
誤以為是魑魅，卻不足以懼怕而是傷感

曾經，以樂章計算返鄉的日子
凝斂絃索上的眸光，訴諸太多生活慨歎
譜寫成熟諳的圖騰，這些語言、音樂、舞蹈

---

1 陸森寶先生族名為「Baliwakes」，「bali」是風的意思，形容他跑起步來猶如旋風。被譽為卑南民歌之父。生前謹守卑南族以歌寫史的傳統，〈我們都是一家人〉、〈懷念年祭〉、〈散步歌〉均以母語歌詠。引言為陸森寶臨終遺言，由二女婿陳光榮先生憶記，摘自《原舞者》（吳錦發主編）。

足以誘引律動，流穿亙古洪荒；在深山峰巒
成為絕響。心靈的旱季須以歌祈雨
一遍遍歌詠，等待不同的詞曲召喚
而我們瞑目摸索的相似，回憶共棲在
異地裡以唱和交換彼此心神
猶聞時階砌成眠夢的吟更
正被辨析聲音指紋的風，重複吟誦

篝火升起，牽曳著女人樹的身影
充血的筋脈存有太多記憶在
六道內轉化不休。年祭時
耆老揮動著芭蕉葉，攔擋凶險的咒詛而
巨靈伸拓著掌，重拾
出鞘的番刀，擎向鷹隼盤旋的天空
大地與星羅開始轉動。於是

萬重煙水中，屏息的文明綻開出遍野芬芳
消納無窮苦厄。在嘹亮的歌聲裡
你我可以狩獵、捕魚以及征戰，直到
歡愉詠舞之際，再次戴上花環

終須別靈，神巫令喪家拾起檳榔實與料珠
裝殮的靈櫬，木味散漫，長出新芽
彷彿聽見遠山傳來欲雨的回音
音容呈現不同姿態
裸裎於太古的夢境。沉默
代替胸脅間，疼痛以外的琴弦
發聲

夜訪賽德克・巴萊

於是，我以你黥面的紋式想像神諭

一

像失去一枚指紋，你將無法成為真正的人
如何抵禦文明的突襲；又如何肩負遙遠的追獵
帝國的徽幟在歷史的版圖上插旗，唯有
寄望你獵刀出鞘時，驅散山間的霧靄
且依稀可見鬼魅涉水穿過時間的河面
即使敵方讓你的屍骸成為戰俘的身分
魂魄仍會轉世開成遍野芬芳
妻子蛻成蝴蝶以追隨你。身處夜闇
一樣有族人為亡魂歌聲吟誦

匱乏的靈魂得以放下肉身之軀
長期征戰以捍衛信仰的自由
天神為子民在島嶼上劈開山河
都是勇士的居所

二

失去圖騰，青春迷失
給我一張乾淨的臉，換來模糊的身分
臉廓之外，我甚至遺忘如何吶喊
我野蠻不在，失去獮猴的身手
預告失守土地上每一座山林。因此
對夢境愈漸生疏，我成了豢養的野獸不再戰鬥
也不防堵誘惑。HIP HOP，R&B，韓流以及
哈日這個年代，比起抵抗刀槍更艱險

我等待救援的不只是家園崩毀
而是潰散的部落無法聚集鄉愁
即使妻子以木梭來回將思念穿過經線
編織出的綵衣我也無能追索
命運已在你染血的掌紋中
我，在哪裡

三

我們在未來以不同形象
被廣泛討論，卻無人收容失依的黑熊
雲豹出走城市無法依斑紋辨識同類
風景之外，這座島嶼最後淪為政客辯證
的場域，輿論如洪流翻湧而至
等消退那天，緋櫻飄落在輾轉流動的天光

飛鼠會再度出沒，為我們指向神祇的去路
無須拿花鹿的皮草換取短暫溫飽
而是循牠留下的蹤跡作記號
才能如詩歌般召喚，引渡我們回返
一起開始的旅程，族人持續吟唱
讓亡魂去到祖靈的途中不致迷惘
當我們踏遍你行蹤所到的地方
才算找到真正的自己

四

回首黑色奇萊
依然有彩虹，你在遙遠的彼方
與神話同在。而我們永遠
不說再見

哈眘恩舞依浪

〈小煙火〉（二〇一四）

Hayuen Wuilang，一九七九年生於宜蘭羅東，泰雅族。對文字的著迷啟發於國中，從散文開始書寫，寫年少輕狂與強說愁的青春，後來接觸到現代詩，被詩體結構與隱喻的意象深深吸引，在創作中期盼召喚讀者們的自由聯想，也鍾情於直白有力的情感流瀉，深刻入心的純粹情感力量。

寫詩對自己而言，是某種情感宣洩，常與擁抱、微醺、逃離、呼吸等種種行為相互借代，是一種在心靈中既微小又強悍的爆炸。對於詩體的現身，本身喜好具節奏感的編排以及想像空間的擴展，所以常會在作品裡看見排比、類疊與轉化，好似萬花筒中的蝴蝶翅膀，層疊交替、迷幻美麗。

小煙火

用我的名向星星許願，那一整年
高粱酒瓶乾了，夜空更渴
而平行線是溫的
灰與灰的連接，增添了水，看似無情卻多情
抽蟬的菸管，活色生香地將你喝下
歡顏的干擾都侷促想你

跳動的血液與山林日漸留疤
交纏結締記憶迷樣的黑以至於
我像炭火一樣老去

確定不會再往哪裡
把藤皮拿出來

將它們編織成綽約的竹簍
往裡面轉嫁柴火、星空與寂寞的獵徑
流放與壯碩的孤獨才能鋪陳出某種
聽不見的流星
聽不見的八重櫻
聽不見的若即若離
以及喉頭撞擊不止的繁中體

總是在眼神裡炸裂只剩下蒼茫的黑
拍片來不及蒐集就碎成倒影
時光悲喜都吃　賸遺憾當廚餘
但你毫無順序的施放使整座山頭無法歇息

我給你紗門後的等待呀！
我給你一次靠近的疑問句呀！

我給你聽得見毛細孔呼吸的空座位呀！

靜靜地陪著你
像嶺峰等日出的石頭
靜靜地愛著你
像深夜裡噤聲的宇宙

姜憲銘

〈希季杜邦的腦袋〉（二〇一二）

Tupang Kiciw Nikar，一九八〇年生，臺東都蘭部落阿美族，年齡組織「拉千禧」組成員。現於國立高雄師範大學臺灣歷史文化及語言研究所攻讀碩士。

曾獲得第三屆、第四屆臺灣原住民族文學獎，並以〈莎沐躬海〉獲得第十二屆臺灣原住民族文學獎散文第一名。

希季杜邦的腦袋

你好嗎　我想你也是跟我一樣想這樣問我吧
我很好　可是有的時候又不好
這邊沒有你的眼睛　給我跟你一樣的漂亮
沒有你的肚子　給我跟你一樣的很大
沒有你軟軟的腰　給我跟你一樣的謙卑
沒有你長繭的腳皮　給我跟你一樣的踏實

聽說很多人想幫你種甜甜的房子
其實那個房子不好
因為會有很多螞蟻和蚊子
侵略　襲擾　遍布了
你那邊也會跟我這邊一樣

愈來愈多頭尖尖西裝禮服的講話
愈來愈多他們的欄杆

原本海邊很好玩
結果你們用欄杆寫字以後
就變得不好玩

明明走在石頭上可以腳底按摩
不懂的是　那個用木頭做的路　幹麼用的
現在的海膽有幸福牌達欣牌
魚呢　跟注音一樣
只有打開課本才看得到

一邊寧靜一邊紛嘩
晚上很難睡覺了
很吵說

在街上糖廠那邊
好人只有一兩個
一直說快沒有力量了
煙囪也支持不住要倒了

有欄杆的人很聰明
很會用滑滑的講話
他說我們可以當幹部
職務是掃廁所的所長
他們說支持我們給我們「白素」
以後想吃什麼「白素」都可以換
可是我想吃章魚
你們的支持
可以換沒有垃圾的家嗎
讓章魚好好地長大

讓海膽只有都蘭牌的一種

晚上了
愈來愈多奇怪的人
可他們原本都不是住在這裡的人
後來搬過來了　就跟我們學一樣的講話
白天了
很多地方顛倒了
媽媽的家種了愈來愈多的房子
只希望你們想想
種那樣的房子
會不會影響你們的孩子

筆述一．莫耐

〈一半的新年〉（二〇一四）

Pisuy Bawnay，一九八〇年生，臺中市雙崎部落（Mihu）泰雅族。不敢自詡為文學創作者，自認文筆也不突出，卻是一個喜歡用平實文字來記錄觀察的人，所以認為，當時獲獎文章〈一半的新年〉，即是觀察所謂「一半的」親戚所作，不過現在這個詞或許已經政治不正確，但對於生於那個世代的「我們」，身體記憶是確實裝載著。因此，很慶幸自己能夠身在混雜的交替世代，才能夠有機會感受到上世代的拉扯與這世代的轉變。

雖非文學專業，但喜歡透過文字或影像來記錄生活。很感謝自己有原住民的眼睛，常常可以看到不一樣的視角。期許自己會繼續用心觀察及誠實記錄，希望這些生活記憶都可以成為未來子孫的歷史參考。

一半的新年

喜紅新年混著陰鬱藍色的我
總是變成慘澹的紫

除夕
照例因母親的拖拉總在最後一刻才趕上山上的年夜飯
車上永遠是母親埋怨　父親安靜　我尷尬
一抵達部落
我簡直像是換了一個父親
說著我聽不懂的話
漾著我少見的自信
悠遊在我永遠認不清且一直增加的親戚中
而母親宛如被拋棄的怨婦
死掐著我的手不放

開始數唸一直困擾著我的規定
禮貌　所以不准隨便跟著跑跳
衛生　所以不准隨便跟著吃喝
因此我總是在看著「他們」過除夕

初一
多虧母親前晚的牽制
讓我得以早睡早起
可以趕去廚房享受跟yaki[1]相處
她不多話
常常只是笑著一句：Ciwas[2]，那麼早起，來，吃……

1 yaki：「奶奶」之意。
2 Ciwas：泰雅人名。

前晚受限的年夜飯總是讓我很飢餓
她溫柔自語看著狼吞虎嚥的我
雖然聽不懂
但她真實愛著我，我懂

我準時地在母親醒來前躺回床上
她對我耳語昨晚睡不好
但明明全家只有我們兩個被禮讓睡在房間裡
母親吃著帶來的葡萄吐司
遞給了我一片　再飽也只能跟著啃

母親常說父親的時間觀念有問題
但我認為父親是　一個善用時間及腳程很快的人
別人是走春　他是跑春
總是能利用這個上午跑遍部落家戶

然後在中午趕回家吃飯

為了趕下山回娘家的母親會在下午一點整開始發動冷眼攻勢
聰明的父親在我國小一年級時學會了四目不相交技巧
沒想到卻辛苦了桌前的親戚們
但最可憐的還是我
一點半望著母親轉身走向黑車
我知道這是一種暗示
兩點之前我必須把父親拉下桌
我人生最戲劇化大概就是這半小時
眾人通常不敵小孩哭鬧戲碼
每次看著父親邁向黑車的背影
垂落的肩膀瞬間讓他變得好小好小
跟在背後繼續哭著的我

其實滴落不斷的眼淚
是我對他無盡的抱歉

沙力浪・達岌斯菲芝萊藍

〈遷村同意書〉（二〇一三）
〈翻山越嶺至馬西桑〉（二〇一四）
〈從分手的那一刻起——南十字星下的南島語〉（二〇一六）
〈高山協作的背架裡〉（二〇一九）

Salizan Takisvilainan，趙聰義。一九八一年生，花蓮縣卓溪鄉中平部落（Nakahila）布農族，元智大學中文學士，國立東華大學民族發展所碩士。當過卓溪國小民族支援教師、嘉明湖山屋管理員、卓溪鄉登山協會總幹事、山林文史工作者及高山嚮導等。在部落成立了「一串小米」族語獨立出版工作室，推廣與出版布農文化書籍，也作為部落的圖書館。嘗試各種文類的書寫創作，曾獲得多次原住民族文學獎、花蓮縣文學獎（二〇〇八、二〇一一），教育部族語文學獎（二〇一一、二〇一三），二〇一六年以〈從分手的那一刻起——南十字星下的南島語〉榮獲臺灣文學獎創作類原住民新詩金典獎。著有《笛娜的話》、《部落的燈火》、《祖居地・部落・人》、《用頭帶背起一座座山：嚮導、背工與巡山員的故事》等書。

遷村同意書

本人＿＿＿因為在山上種植地瓜、玉米、高麗菜、文化、習俗，利用竹子蓋工寮，占用了林務局的土地，阻礙了ＢＯＴ的建設，破壞了旅人尋找桃花源的夢，造成土石流，破壞國土等重大事故，願意放棄祖先種的橘子、小米園、香蕉、記憶、傳說、儀式；放棄經過千年與山、河、樹、風，錘鍊、凝聚出的對話；永久喪失重返祖居地的權力及義務，將「家園」完全交給國家，降限使用，以保障財團完成美麗的「私樂園」。

遷居地：

一、□中南美洲

二、□不永久的「永久屋」

三、□「把你當人看」的都會區

四、□其他（平地不是我的森林）

立書人(戶長)

戶籍地址：＿＿＿＿＿＿＿＿

現居住所：□同戶籍　□暫住＿＿＿收容中心

翻山越嶺至馬西桑[1]

祖先
踏進新天地

從 Asang daingaz[2]
翻過山谷
翻過溪谷　稜線
翻過平原　翻過山頂

到達
祖先的新居地　馬西桑
早晨，太陽最慢照射、陰影籠罩的部落
後輩們的祖居地　馬西桑
來到

經過細竹
經過旁邊　黑熊
經過蕨　經過水蒸氣
從 Asang[3]
踏進尋根之行
後輩們

---

1 Masisan：部落名，祖父居住過的部落，布農語意指「早晨太陽最慢照射到的地方」。
2 Asang daingaz：布農族人對祖居地的稱呼。
3 Asang：布農族人對部落的稱呼。

後記：

為什麼要翻山越嶺到馬西桑呢？因為父親曾說我們家族 Takisvilainan 的祖居地是 Masisan 馬西桑。

未到馬西桑之前，拉庫拉庫溪流域的布農族人大部分都是從南投信義這一帶遷移過來。從前，族人離開南投祖居地，來到 Maiyasang 米亞桑。因為人愈來愈多，才又開始慢慢離開米亞桑。而我們的氏族 Takivilailan 移到一個叫 Wavan 的地方，之後再遷到了原本是日治時代最高的部落 Tarunas 太魯那斯的分支小部落 Masisan 馬西桑。

「馬西桑」的意思是早晨太陽照射不到、有山影的地方。是一個由石板屋建造而成的部落。後來在日本政府的影響下，移住到現在的村落。

這首詩就從祖先自南投遷移過來到馬西桑的這一段，再接上我們這群後輩從卓溪現在所居住的部落往山上的這一段。在馬西桑這個部落，我們與祖先相遇在此。

從分手的那一刻起——南十字星下的南島語

分手

那一刻
只剩 mata[1] 的淚水
握著石錛的 ima[2]
殘留的溫度

在你的眼裡　是一座大陸漂移的島
在我的手裡　是一座海上雕琢堆砌而成的山

1　mata：布農語，「眼睛」之意，也是南島語的同源詞。
2　ima：布農語，「手」之意，也是南島語的同源詞。

你帶著獨創的 *bet'ay [3]
坐上 *paraqu [4]
*qan'ud [5] 隨波漂流　　　　遠去

從那一刻起
各自分居
海洋、高山
展開不一樣的旅程

遠離的你

說要找尋屬於自己的島
採走金黃色的稻穗
一粒一粒的
放進紅色色衣陶

裝進南十字星的 lumbung[6]
形成同源的詞彙

搖晃的獨木舟
裝上堅毅的舷外支架
帶走碧綠的豐田玉
划向湛藍的島嶼
在銀河中浪跡天涯

---

3 *bet'ay：擬測古南島語，「船槳」之意。
4 *paraq：擬測古南島語，「船」之意。
5 *qan'ud：擬測古南島語，「隨波漂流」之意。
6 lumbung：爪哇人稱南十字星為 lumbung（糧倉），因為這個星座的形狀像一座農作小屋。

下錨之處 Te Punga[7]
是南十字星建造的港灣
夢想上岸的新樂園

駐留的我

沿著 ludun[8]
走出詞綴的路
tun-lundun-av（向山上走吧）
tun-ludun（走到高山）
na-tun-ludun ata（咱們即將往山上啓程）
tuna ludun（抵達山頂）
muhai ludun（漫山越嶺）
muhai ludun-in（翻越山嶺了）
山巒般交疊纏繞

繞向山頂
順著山谷吹來的氣音
俯瞰著　遠走的航跡
仰望著　牽引你的那一顆星

同受苦難

以日月星辰辨別
以風、洋流為導引
走向高峻陡峭的山嶺
航行大風大浪

7　Te Punga：毛利語，即南十字星，被認為是獨木舟（意指「銀河」）下錨處，星上如指標之處，即錨索。

8　ludun：布農語，「山」之意。

星條、十二道光芒、太陽的利刃下
發出比基尼的爆破音
在五顆十字星幟上切割
外來的你好、Bonjour、こんにちは
心緒如晃動不定的旗幟

乘著殖民浪頭的「發現號」
駛進了大鐵船的崇拜
離去時，從勇士的口中搶走神聖的 tabu[9]
帶走了無法言說的禁忌語

凝視

千年的移動、千里的距離、千種的語言
灑落在萬座島嶼上

憂鬱、落寞的摩艾 Moai[10]
可否將 mata 望向北方
牽起散落在島嶼的 ima
凝視語言裡流動的音節

重新建造邊架艇
將逝去的榮耀，微弱的語音
順著星光　再次追尋
乘著風勢　再次破浪前進
說出南風之島的輕重音

---

9 tabu：來自英語的外來語，借自太平洋小島原住民語「ta-bu」，「神聖」之意。

10 Moai：摩艾石像（又譯：復活節島人像、摩阿儀、摩埃石像、毛埃石像），位於復活節島。

高山協作的背架裡

裝進奶粉罐
一步一步地　踏進
祖先的路

一路上　拿著
嬰兒祭 Masuqolus[1] 的項鍊
將期盼
掛在東谷沙飛[2]

一路上　背著背架
採集著臺灣特有種
玉山薊、金線蓮、
帝稚的羽毛

登上 Tongku Saveq
玉山

背架裡　裝進
已逝去
跳躍的梅花鹿
熱血奔馳的棒球夢
認分地穿過竹林
攀上 Papak Waqa[3]
大霸尖山

---

1 Masuqolus：布農語，嬰兒祭，也可翻為「掛項鍊祭」。
2 東谷沙飛：玉山的布農語音譯，族語拼作「Tongku Saveq」。鄒族人與布農族人將此山尊為聖山。
3 Papak Waqa：泰雅語，大霸尖山，意指山形像矗立的耳朵。泰雅族人將此山尊為聖山。

背架裡　裝著
瀕危與重生的人生
細心呵護著櫻花鉤吻鮭
走向 Rgyax Topuk[4]
南湖大山

背架裡
裝進一座獎臺
連續登上
三六〇三公尺[5]、三三七九公尺[6]
三五六四公尺[7]、三六三〇公尺[8]
放在百座的山頂上
請授獎人　站在榮耀的三角點上
高山協作的背架　很高

高到可裝進
三〇〇〇公尺的百岳大山
高山協作的背架　很寬
寬到可以把眾山的一生
放進去

4　Rgyax Topuk：泰雅語，南湖大山。
5　意指向陽山。
6　意指轆轆山。
7　意指雲峰。
8　意指大水窟山。

馬翊航

〈家族墓〉（二〇一二）
〈北京城：致J〉（二〇一七）
〈七月〉（二〇一九）
〈關於你的睡眠素描〉（二〇一九）
〈聊賴〉（二〇二〇）

Varasung，一九八二年生，臺東卑南族人，池上成長，父親來自Kasavakan建和部落。臺灣大學臺灣文學研究所博士，曾任《幼獅文藝》主編、國立臺北藝術大學兼任助理教授。現專職創作與講學。著有詩集《細軟》、散文集《山地話／珊蒂化》，合著有《終戰那一天：臺灣戰爭世代的故事》、《百年降生：一九〇〇—二〇〇〇臺灣文學故事》。

家族墓

清明的時候，走在
從前你們也日常灑掃的部落
四月的陽光像細針，刀刃
像告密的人
割開記憶邊緣的門戶

路旁是因衰老而墜落的釋迦
芒草雜生，殘餘的想念劃傷生者
颱風此刻還很遠
像水氣豐潤的孩童
在另一個島嶼等待轉生

家族是一片孤單的旱田

誰背負土的記憶
誰拒絕風的幻想？
收割的時候，也種下一棵
垂釣故事的木麻黃

笑著祭拜像你們從未遠去
在甕裡比肩坐臥，跳舞，或為我們嘆息
會否在遠方，討論我們
向你們拋擲的問題：

你們也唱卡拉OK嗎，當我們活得並不那麼OK。
你曾經收到任何沾滿淚水的'abay，失婚的豬肉
欠債的田螺嗎？

當我們問生產，夏天事業，昨日的契約

是否也聽見焚風吹破嬰兒的臉頰
傷痕是人間

我曾經燒過賓士，僕人，高樓，那些我們未曾有的
但沒能把自己燒至彼方
我打開你們的房間，是否聽見生活的腳步聲
比離去更遲疑

死亡的快門
又一張無人知曉的家族寫真
奢侈的心願
曝光成另一張相似的臉

又是清明的時候
我們撐起小小的傘

時間的風沙又吹來
覆蓋你我一樣濃黑清朗的眉目

一樣的哭聲

一樣的長路

北京城：致J

密封的冬夜
分不清靠近是雪，是鹽
你提一盞燈來
輪流了我
在和平的陰暗中冒險

煙火大路
按摩，燙口的麵，小肉串
市招拆散著想像
不願煨暖的手
撫摸地球，白貓，折腳的馬
惦念自己本是為融化而停留

期待愛的東西都結了冰
刀刃，魚鮮，複印的情書
不理會你說的那些講究積累
與破壞的事物
靜要靜得暢快
汗與血一樣透明

那時我戒不了菸
像城裡大多數人一樣
時而運動，時而堵塞
獅子口，龍背脊。
公主墳，蘋果園。

路過幾個合照的行人
收縮的心建築成廣場

大風處傳訊給彼此的鬼魂
文明地打卡，追悼
終究是要刪除
那些遠道而來的幻覺

七月

巨大的火星在沙裡
起皺，斷續地晒傷
懷疑你依然直射著我
像天火擊破那些
蓄滿淚液
非自願掉落的瓜果

我用身體換來一頭似虎的蜻蜓
老船，金色的時針，沙啞的蛾
在黃昏的惡地裡燃燒
期待你從餘燼裡認出我的
汗水，睫毛，思想，用來愛的那些器官……
可惜沒有一種恨是那樣恨

火車駛過鐵線橋
遠方河床上睡滿痛的斷木
時間拆卸下的鱗片，毛羽
一尾鹿從上游走來
牠看見我看他

像一個喪偶的人
像一個做完愛的人

熱　並且哀傷

關於你的睡眠素描

我想進入你的夢境，然而要用划船或是步行？
先偷竊聲音，足跡，以及季節的體味，再翻閱指紋的地圖
爬行你因為思想而過曝的肌膚，像沙上的雪

緩慢地背誦你新購買的單曲，理論，飾品，恐怖片與家族史
最後愛撫脊骨的波紋，像考據蝴蝶過冬的路線

猜想你在夢裡也寫字，排練沒有後代可以訴說的寓言
像霸道的神祇，純真的鬼魂
總之是還跳著舞吧，肌膚滲出記憶的盜汗

（眼瞼陰刻著身世。最黑暗的快樂，啊最明亮的悲傷）

你睡著像一座城市
在夢裡或許也曾經失眠
也曾追逐你所愛，自願不要醒來

你身體突顫，是另一個星球傳來的踉蹌？
枕邊是憂鬱的熱帶
淚水與情節在被單的花紋上起著毛球
在情色當中有一點點古典的發展

翻身一想，那都是你夢見的
而我是僕人，服侍你倔強的靈感
因為時光的床是如此溫柔

而愛，是一場好長的病，好膚淺的睡眠。

聊賴

早安牡丹，解析度略低的楷體太陽
「明天，後天，休息，可以給你寄麻油雞嗎？」
她習慣認同分享
生於秋天，導致滿月受凍
包裹如期抵達，網室番茄內塞《民眾日報》
宅配單上有她的租屋處：初鹿南邊，菸草間

「你會煮嗎，還是要我上去幫你？」
我會煮。但忘了回覆中秋節
免付費，銀行月兔好友貼圖
說明我的小冰箱
除霜困難，加價購小條芥末等不到刺身
肉粽，湯圓，蘿蔔糕：不好消化的節日

我在蛋白區與蛋黃區滲透
她也傳來：「媽媽今天工作站一天，腳好痠。」

夜間清醒震動，四十歲以前你該嘗試的二十件事
活要活得大氣，沒有破洞
「先不聊，明天早起去工作。愛你。」
我三十八歲，也要早起
待辦清單裡有心虛的演講，第一次稅金，幻覺與校對
不安的戀人尚未返家
我是欠栽培的英才，還是英台？
（遠山，含笑——）

「今天帶阿嬤去看病。天氣冷，多穿喔！」
她們開門，針尖埋進薄皮
「好喔，媽媽阿嬤小心，多保重」

陰天流水隱密
我身體也有一條小心的河
狹窄，怕冷，二度婚姻

她說，我讀：
「冷了就去風裡跑跑，風會抱你。」

邱聖賢

〈Ngan，名字〉（二〇一六）

Salizan Lavalian，一九八三年生，臺東延平鄉紅葉部落布農族。東華大學原住民民族學院民族語言與傳播學系畢業。

曾就讀花蓮教育大學多元文化研究所。曾服務於原住民族委員會、花蓮縣玉東國民中學、花蓮縣政府社會處、臺東縣政府原住民族行政處。個性外放活潑開朗大方，喜歡主動認識新朋友。曾是大專中心學生會組織二〇〇四年（第三屆學生會）的音樂幹部，從事社區資源調查「花蓮縣太平社區布農族二〇〇三年調查」，研究布農族的雙面人傳說以及布農族傳統狩獵智慧。二〇二一年離世。著有《紫色迷霧》。

Ngan，名字

一

Next，please
我迅速收起魯莽，露出現代化文明笑容
一聲冰冷冷指令如箭發射
我直打哆嗦完成以下標準動作
打開護照、摘下眼鏡、露出額頭、臉面左後再撇右
最後擠出智商回答下列問題
出生年月日：記得是射耳祭
戶籍出生地：我們 Bunun 都是從葫蘆出生的
父母姓名：沒有，因為他們都是昆蟲糞便演化（聲音顫抖）
Sh……n　S……en　C……ou
海關面前我生疏地唸起陌生人名字

二

號碼叫到第三十九號我自動走向前取餐
第十五排二十四號C1我座位靠窗
主宰我的是一部電腦
記得九九乘法表是我背不完的童年
國文段考五十九分青春期陪我哭了一整夜
一九九四年我改叫原住民，從此鼻子就一直被牽著走
第一份薪水22K我明白苦日子來了
名字其實是命運隨機取號的懲罰
每日我緊握那些號碼牌，它們會帶我往哪去
這問題嚇得我一身冷汗
晚餐Tama打電話給我

他說中華民國第十四任總統是原住民叫 Tjuku[1]
我突然有想哭的念頭

三

西裝密不透風包覆我，身體一派正經著
喂！您好，敝姓邱，請問哪裡找？
長官找，壓力找，達爾文找
（您所撥的電話號碼是空號，請於腦袋清醒後再撥）
白日勞碌，結束
舞池裡誰的生殖器官外露，放浪
Hi，我是 Jack，我人在包廂等你
醉酒的找，陌生人找，一夜情找
夜黑，情欲野蠻囂張
每天一個名字我戴上一副面具

面具摘下剛好一場輪迴結束

四

你的名字要怎麼改？
「我問一個名字有幾種改法？」
戶政人員耽誤了我的人生
你的名字怎麼唸？
「你是問我哪一個名字？」
學校老師慌張了起來
哪一個才是你的名字？
「有哪一個不是我的名字！」

1 Tjuku：排灣族女性的名字。

交警疑惑了一個上午

先生，請您於結帳刷卡後記得簽上大名

「不好意思，請問我叫什麼名字？我暫時忘記了！」

陳孟君

〈移動．福爾摩莎〉（二〇一〇）

Tjinuay Ljivangraw，一九八三年生，屏東縣春日村排灣族。畢業於國立清華大學臺灣文學研究所，碩士論文《排灣族口頭敘事探究：以palji傳說為中心》。

曾任職中央研究院民族學研究所助理、財團法人原住民族文化事業基金會、國立臺灣師範大學原住民族學生導師等職務。目前是全職母親，育有一兒，定居高雄。

移動．福爾摩莎

在沒有文字記載的久遠以前
每當颱風尾巴離去的時候
族人在河岸邊放置的魚簍都是滿貫的魚獲
那些是為了躲避崩落的大石而緊挨在河道側邊的魚群與蝦蟹
一感覺遇襲牠們就成團侷促地彈跳進宛如僵石的簍具

老人說颱風是上天給的禮物
是平日採集漁獵生活的意外收穫
每一個簇擁的熱帶氣旋都渦漩著各地各島的果實與種子
在大雨滂沱落下的同時散播生發
颱風季節是島與島之間植物的交換與遷徙
在狂捲的風雨中或許還有著來自
同是南島語族中親族島嶼的問候

二十世紀末
狂潮而襲的全球化氣旋在地球各海域上團團簇擁
是跨國市場上無遠弗屆的颱風
渦捲著來自菲律賓、越南、泰國、印尼的移工
便宜的價格與耐苦的背脊是臺灣經濟的禮物
撐起島內勃昂的高樓與暴漲的欲流
移工的夢想在酷烈的政策與歧視的焦烤下逐漸褪色
想家的靈魂望穿了海峽　彼端是家鄉的徐人清風與稻香田野

在餘暉將盡黑暗漫襲部落的彼時
我的族人也曾在最遠的遠洋漁船與最高不可攀的鷹架上
從大腦皮質層的深處
提領大武山上盛開的百合花香與慶豐年的歌舞鈴鐺聲
聊慰鄉愁不能過量　淺嘗則止剛剛好
以免白費好不容易下定離家的決心與未拿到的工資

彼時價值的交換也只存在島國的中心與頂端
我的族人掙扎於不平等交易市場的吸納　伺機脫逃

老人說在未知又未知的從前
祖先從一個又一個島久居而遷徙
海洋不曾阻斷卻是連結與另一個島嶼的相會
聚攏又離散的軌跡都刻紋在族人生命的移動裡
從島嶼到島嶼　從山地到平地　從部落到都會

儘管你我移動的時間座標不同
但　我們命相的掌紋卻如此相似
肩頸的線條都曾因不堪負重而歪斜佝僂
也曾因不被尊重不被理解不被公平對待而失聲喑啞
福爾摩莎是太平洋上季風與熱帶氣旋交織密羅之處

吹散的種子與果實一落在這只有番薯大的土地上
無不熱鬧了林相、豐富了物種　滋養這島的豐腴
而移動的人群不能是種子嗎？　也想用力呼吸蹦芽發枝

我要趕在下一個暴風離潮分化我們之前
將那些因移動的剝離之傷
鑲嵌在你我交會的疊影上　成為我們美麗的織錦
在生命幽微時閃熠　在無依軟弱時提醒
我們在福爾摩莎
都應　都要　扎根開花　處地花開

潘一帆

〈留下給你〉(二〇一八)

Maqundiv Binkinuan，馬昆帝夫·明基努安。一九八四年生於花蓮縣卓溪鄉的卓樂部落(Takluk)，布農族。臺灣大學法律系學士。曾任原住民族委員會原基法推動小組人員、耶穌基督後期聖徒教會口筆譯員及媒體協調員，近年專注於聲音媒體內容製播。

自製臺灣第一個原住民說書播客「馬夏爾嗑書」。主持原民臺「世代對話」節目播客，討論原民與國際新聞時事。主持「臺北原宇宙」，分享原住民居住於臺北的生活經驗，另擔任「來跟從我，律上加律」經文動畫配音員。

留下給你

我的心不是保留地
你不用擔心它不能開墾
你再也不用踏上廢墟悼念
也不會傷到環保人士在意的保育類
因為這塊天地為你而設

我的心不是保留地
你不用任何許可
就可以隨時進入
想吃什麼就種什麼
想怎麼住就怎麼蓋
不怕外人指點
想留給子孫什麼，儘管打造

我的心不是保留地
你想邀誰就邀誰
它有足夠的空間
容納真摯的友情
有足夠的陽光
讓寬恕生長

我的心不是保留地
沿著山稜爬升的星星
隨著風飄的雲朵
是無法私有的風景
彩鳥從你的籬笆
飛過我的籬笆
牠們的鳴唱是黃昏共享的歌

你和孩子的產業是我留的這顆心
而我父親和他敦厚的父親所留的產業
是一塊深林中的地
有法令和罰則當作
驚嚇猴子的電圍籬
嚇阻妨礙野蠻的野蠻
如果你化身一頭黑熊
你在那地上就能享有完全的自由
能夠悠哉地爬樹掘地
安靜地狩獵

還好你我的心不是保留地
我心上曾有的耕種是你
我未來的豐盛是你
屬於保留地的彼此

是不會真正屬於你我
它從無權占有的人所施捨
並被施下荒蕪的咒語
從現在荒蕪到我們未來的皺紋

你且放心　還好深林中的保留地
並非真是要留給愛我的你
那只是一塊壓迫的抵押品
紀念品　真沒品

林睿麟

〈水流的聲音〉（二〇一四）

一九八五生，臺東阿美族，基督徒，國立東華大學創作與英語文學研究所畢業，現居臺北。

水流的聲音

一

海風吹過的時候
把誰的吉他聲吹散了
發光的女孩
想起她的陶壺還沒有裝滿水

坐在因歲月發亮的礁岩上
她讓歌聲和吉他應和
沒有人聽見

想起那時她孤獨在木箱飄浮
水流的聲音、呼嚕嚕

她把自己抱起來
想著在臼上漂流的兄姐

灌木和海鳥
是她的父母親

二

走在海岸的碎石上
看黃昏下的老人灑網

她朝著夕陽伸手
事物被催逼出影子

老人唱的歌

有些她也聽過
那麼激昂，哀切
又快樂，她快樂得像魚
在夕陽消失的一剎那
劇烈發光

三

她在水邊行走
看見一個擾動溪水的人
他使溪水混濁
看見一個巨人

陰莖像橋那樣巨大
又化身透明
吃掉小孩的內臟

她又看見一對兄弟
用黑黃顏色的泥巴塗著玩
逃亡的時候變成了黑熊和豹子

她走到精靈和神靈的領域
祭典的時候
她坐在舞圈的中間

她突然想起
那個擾動溪水的人
叫他的兒子們

把那個擾動溪水的人頭帶回來

四

虛詞在風中翻動
被賦予無盡的意思

她躺在海水中
既蒼老又非常年輕

整個水面上充滿了光
像渴望被撥弄的弦

那些她不了解的奇妙建築
讓她想起黑暗空洞的箱子

她唱起了童謠
肚子紅紅的小魚像音符跳躍和圍繞
她像碎陶片一樣漂流
想起她的陶壺還沒有裝滿水
很久很久以前她放在水邊的
怎麼她就是找不到

然木柔．巴高揚

〈他們叫我〉（二〇一〇）

Lamulu Pakawyan，一九八六年生，戶籍登記為卑南族，卻同時擁有阿美族與排灣族的基因與名字。畢業於國立臺灣大學人類學系。二〇一六年與部落的夥伴一起創立工作室，期望能透過藝術、設計與工藝，使文化脫離「文獻化」趨向，成為生活中的「進行式」。後更於二〇二一年創立有限公司，盼能透過如文學、影像等媒介，發展族群的故事產業。

然木柔的作品產量不高，卻屢屢獲得肯定，曾以〈不是，她是我 vuvu〉獲二〇一三年第四屆臺灣原住民族文學獎小說組第二名；二〇二〇年同時以〈臉書〉、〈姓名學〉、〈他們叫我〉、〈miyasaur．再．一起〉等作品，榮獲第十一屆臺灣原住民族文學獎小說組、散文組、新詩組首獎以及報導文學組第二名，創下歷屆原住民族文學獎得獎的紀錄。作品〈不是，她是我 vuvu〉被翻譯成德語、日語，〈臉書〉亦正進行英語翻譯授權中。與墨刻編輯部合著有旅遊書《歡迎來作部落客：幸福臺九線》。

他們叫我

我曾渾身尖刺　盤旋
繞織　一座又一座山林
直到被人一斧　砍斷
煮了吃了　我的心
棄了扔了　我的鱗甲
削下　我的皮與肉　一條又一條
與一段情感　一段記憶　一段靈魂碎片　交　編　叉　織

拉直反折拗筋彎骨　直拗筋反折骨　拗筋折骨
他們說「要有 dradrek」　我有了重量
他們說「要有 tatukudr」　我不再流浪
他們說「要有 trangila」　我隨歌飛揚
他們說「要有 pilra」　我擁懷他們的額與肩

他們叫我「　　」

鳥雀蚱蜢輕躍　蝸牛野菜攀沿　果實　滾動
我行過一道一道田埂　孩子們　簇擁
掏出　灌入
爭執哭泣與笑聲
糯米醃肉飽滿　米酒檳榔滿溢　花環　沉澱
我盪過一圈一圈腰際　女人們　穿梭
掏出　塞入
衣物語言與灰塵
我　數著蛛網　一輪　一輪　一輪
直到另一群他們
用　力　扯　散　　將我體內的所有
我在玻璃櫃

他們叫我「藤器編器容器背簍背籃」
「四分斜紋編底斜紋法編身」
「八字形辮狀編柱」
「藤耳縛法做耳」
「人字編以八股編收尾之藤背帶」
卻　只餵食我時間
我陷入昏睡　直到
那青澀的一聲呼喊
「padrekan」

我驚醒　擁向　額與肩
他瞪眼　轉身
哀，幹麼跑掉再多叫幾次那個名字嘛過來我們說說話聊聊天

身影窸窣　躡著潛鼠步伐　回返
從帆布包裡掏出
檳榔　滾落玻璃櫃底
米酒　滑入塑膠杯　躍上指間　彈
進我張大的嘴巴

「喂你在幹什麼？」
一聲誰的大吼
他慌忙掏出一段情感一段記憶一段靈魂碎片　扔下

哀，年輕人，快回來啊
我隔壁的 puwataruan ——他們叫他「用以裝檳榔的藤籃」
一直在罵
他找不到那顆檳榔
這樣

林睿鵬

〈冬天的時候〉（二〇一四）

一九八七年生於臺北，阿美族。國立臺東大學語文教育學系畢業，現於國立教育廣播電臺臺東分臺任職記者。

臺北出生的都胞，沒有部落經驗，有一段族群認同、自我探尋的焦慮與掙扎，十八年後回到父親的家鄉臺東，好像才回家了。喜好用文字按摩心靈，沒什麼天賦，但確實享受孵育文字的痛楚，詩是每一次美好的分娩。

冬天的時候

以菸斗焊接出一則故事
故事是沒有頭的
而主角只是一隻腳

聽說有一首搖籃曲是給冬天的
但我想不會有人聽過
因為我記得冬天是不會說話的

就像說一則笑話那樣誠懇
一隻貓向我討了一本字典
就在窗邊

如果你正在走一條沒有

路
那麼蹲下吧
反正你只是一隻腳
至少不須煩惱惡性貧血

才說到第二句
每個字都下起雪了

喔，除溼劑也算一種奇蹟
所有分泌過多的寂寞
只需要一只盒子便能裝成海

於是整片海都擱淺了，是的

整片海都擱淺

拉蓊・進成

〈以浪〉（二〇一三）

Daong Cinceng，一九八八生，花蓮縣瑞穗鄉馬立雲部落（Maibul）撒奇萊雅族。雖然常說自己是來自花蓮縣瑞穗鄉馬立雲部落（Maibul）的撒奇萊雅族人，但確確實實是在桃園長大的都市原住民。

高中時，因為對文學的喜好，而決定就讀國北臺北教育大學語文與創作學系，在那裡也開啟了對文化的探索。一直到二〇一一年第一次真正地回到馬立雲部落後，才驟然決定到東部念書與生活，好好認識自己是誰。國立臺東大學公共與文化事務學系南島文化研究碩士班畢業後，回到部落一面生活工作一面學習族語，偶爾參與族語相關的工作，同時嘗試使用族語創作文學作品，包括新詩〈pazikuz ku malalimecedan a wawa 為女穿衣〉、繪本《asu’ asu’ ku lami’ 懂吃懂吃阿索艾》等。

以浪[1]

輾轉反側難眠。

因為窗外的星星都是你們的聲音
　　　　　　　　　你們的聲音
　　　　　　　嘻笑於浪聲稍歇的酒韻

在風中，
　在
　夜
　裡　看見那赤膊的半身
　　　　　逐浪浮沉
而你們在海裡唱歌。

以浪之姿，化作朵朵盛花

在老鷹的翱翔的翅膀上怒放
以浪之舞，在頓足與跳躍間
邁出的步伐是你們開的路
你們開的路
朗朗的鈴聲宣告此刻的啟程
在
月
下，在海上　聽見那幽幽的呼喚
灑滿粼粼波光
而你們走在路上。

1 以浪：阿美族語，讀作「idang」，廣泛的意思是指「朋友」，也是同年齡層裡的夥伴對彼此的稱呼。

是誰回首？　一浪又一浪拍打著夢與醒的牆
　招手　海水爬上了眼角的岸，溺水與淹沒
吹來清晨的風，
　然
　後　胸口嗆滿無法平息的漲潮
　　不一樣的日出，一樣的味道
而你們在笑。

游悅聲

〈Bayes〉（二〇一九）

〈Ghap〉（二〇二三）

Sonun Nomin，一九八八年出生於臺北市，桃園市復興區拉拉山泰雅族。畢業於國立臺灣大學政治系。

曾獲二〇一九年臺灣文學獎原住民漢語新詩金典獎、二〇二三年臺灣文學獎原住民華語文學創作獎新詩獎。文學寫作關注當代原住民族，從生活中擷取靈感，編織入詩。

Bayes

一個不存在的名字

無法用注音蒸餾出的富麗音階
難以用漢字撿拾起古道上的悠揚聲樂
那是戶政事務所的電腦不能表格化的音調
彷彿清晨樹梢間，渺渺迷霧凝匯而滿溢出的一滴歌謠

有別於宗法制度所遵循的姓氏藩籬
她像朵初生綻放如虹絢爛的蝴蝶
自由撲朔於草根織染的指腹與舌尖
破曉吐露著呢喃繚繞攀爬上石徑
冬季散去便譜出萬年山谷祖先傳唱至今的旋律

幼時的我
不明白「你們」與「我們」名字之間的差異
曾以為，每個人懷裡都有一座嬉戲在水霧雲海中的島嶼
抑或撥弄過根根琴弦上那隨風搖曳的山脊
yaba'[1] 搭蓋著焗烤過父愛的古樸木屋
初春陽光拍落 kayal[2] 懷中發黃的晨霧
赤足幻化為芭蕾舞者的指尖
踩破舞步探索著草地上繽紛恣意的野莓
我以為這是所有孩童們都曾偷偷藏在帷幕紗幔裡
一壺浸泡過果實汁液的晚霞
一叢擰乾後鋪晒在庭院裡的夢鄉

---

1 yaba'：泰雅語，「爸爸」之意。
2 kayal：泰雅語，「天空」之意。

長大成人
稜線上的雨季，凝固做離家時床底難以打掃的一隅
緊抱懷裡新生的幼嬰
我被機場繁忙的最後登機廣播，推攘著
踉蹌踏入三十而立
幼時的酣紅，青春的懵懂
向歸巢前的晚霞借來的紙筆
最後都奉獻凋零於腳底的涔雲

摘下父母虔誠親吻過的那瓣 lalu’[3]
埋植在窗檯盆栽裡，用故土堆砌而成的霧
不敢將她黥在身分證明文件
也不敢捻苧麻編織進求職履歷封面
只能將其拆解排列成一行由三個字組成的工蟻
用 yutas[4] 在鄉公所門前彎腰拾零起的漢姓

沉浮於柏油覆蓋後難以生根的井

所以，貪睡在水泥五金建構的巢穴中
所以穿梭在車流而非冰澈溪流裡的
我們的孩子
前人於生命源頭所託付的壯麗景色
被現實篩成一個，不便存在的名字
匍匐在工整的稿紙上頭
一行行仰首接受城市機器流水線般的孵育
而這池繁華熱鬧擁擠至頂的孤寂
終究使我們漸漸失去承擔名字的勇氣

---

3 lalu'：泰雅語，「名字」之意。
4 yutas：泰雅語，「祖父」之意。

cyux inu’ qu ngasal su’? [5] 你家在哪裡？
從凌亂的書堆底拉扯出一把故鄉如煙的回音
用思念微波加熱成萬物爭先攀寄的肥泥
在五百〇一英里外，四十三層樓高的異地
伏於桌前盡可能溫柔地植下一粒
渺小，且青澀的你
ima’ lalu’ su’? [6] 你叫什麼名字？
我將鬱鬱蔥蔥的家鄉發酵至一宿夜曲
如同敬愛的父親，以及父親的父親
仍舊選擇虔誠地俯在故鄉床前
用輕吻賦予我們的孩子，一個
不存在的名字

當年午夜霓虹被黎明一飲而盡
在漫漫黃昏蹣跚抵港之際

盼能經由山間潺潺溪徑的傳閱
藉著成林古木梢 siliq [7] 關關朗讀的
微薄之力
我將你的名字，填入筆芯
盛起一壺稚嫩的詩歌提筆寫信
輕聲啜飲著韻腳，趁夜請晚風郵寄
收件地址是：
記憶中背著蒼茫暮色的山林
那座如母親般，在雲裡霧裡等待著我回家的復興

---

5 cyux inu' qu ngasal su'?：泰雅語，「你的家在哪裡？」之意。

6 ima' lalu' su'?：泰雅語，「你叫什麼名字？」之意。

7 siliq：泰雅語，即「繡眼畫眉鳥」，也是泰雅族的占卜鳥。

Ghap[1]

當人們裹著由怠倦層層浸溼的蛹
在城市的腐朽聲中發酵成床頭的鐘
當餐桌上隔夜的詩集
被遲歸的初夏煲成一口晚風
一瓣瓣炙熱的鈴聲
不合時宜地自我掌間盛開
像是琥珀中醉生夢死的昆蟲
沉默卻仍大聲地重複述說著：
我們，得到了一顆種子

遠方的族人聞訊而至
著急地將部落用船纜繫綁在臨時碼頭
生鏽發酸的暗空中

山稜線上的家
彷彿是一座被風箏線勾扯在都市親水公園邊
沉浮、擺盪
巨大又笨重的島

而擱淺在這鋼筋攔沙壩底的
抑或蟄伏在這水泥瀑布中的，我們
皆隔著雲霧，努力仰望那簇若有似無的夢土
直到從乾澀的瞳孔中滴出了火
直到焰苗被拾起，聚集成篝
大家便或坐或臥地圍著火光
一圈一圈猶如朵生錯時節的桃花

1 ghap：泰雅語，「種子」之意。

沉默卻大聲地轉告著更遠更遠的族人：
我們，得到了一顆種子

返鄉的孩子如螻蟻般前行
在蒸餾過的蜿蜒山路上被烈日吞噬入腹
汗水自 yaba' 的衣領潛出，蛇行纏繞住溼熱的鼻息
他走在隊伍的前端，手裡揮著日漸衰老的意志
砍除荒煙古道上野蠻生長的幽思
終於，山崖邊露出了本該是多彩斑斕的橋頭

我們昂首對著太陽
嘗試說些記憶裡關於種子的故事
那些寂寞的、善良的、過分真誠的
在詩歌的點燃與熄滅之間
當滿山滿谷的嗚咽聲中綻放出第一株破涕為笑

我們得到了一顆種子
我們，又將他種回了土地
‘laqi’ ima’ qani？[2]
yaba’ ima’ qani？[3]
一日一日，年復一年
直到橋前聳立著一棵棵參天巨木的那天
此處，
便成為了我們的故鄉，Balung[4]

---

2 ‘laqi’ ima’ qani？：泰雅語，「這是誰的孩子？」之意。
3 yaba’ ima’ qani？：泰雅語，「這是誰的父親？」之意。
4 Balung：泰雅語，地名，也有「神木」之意。

杜芸璞

〈Malafac ito kako 很迷惘了我〉（二〇二一）

Nikal Kabala’an，一九九〇生於臺北市，阿美族。臺大法律系、美國西雅圖華盛頓大學法學碩士畢業，目前為 PhD in Law 博士候選人。

同時育有兩名幼女，在時間與時間的細縫之中，寫下字句，曾獲原住民族文學獎新詩、小說首獎等。因求學旅居美國，將海外留學與家庭生活隨筆，記錄在 patreon，網址：patreon.com/user?u=94960250。

Malafac ito kako 很迷惘了我

食指勾畫右腳的腳跟　滑進黑色高跟鞋　站穩了
對著鏡前　筆直及膝的鉛筆裙
Faloco' 我的心啊！她怦跳！她怦跳！

命令自己：「我乃『專業人士』，要哭、要笑都要在臉上收放自如。」
今日　本人飾演一名來標案的女子。
　投影片裡有我對原鄉的關懷與服務精神　蹭滿我的出身優勢
　其實不流利幾句族語　但我懂得適時來上幾句　順勢　將血液裡的連結給彰顯
　　　彰顯了、為彰顯給委員們看就好——

反正，他們需要的是　　#關鍵字
　　　　　　　　　　#我們的文化 #語言流失
　　　　　　　　　　#傳承#發揚#族群#族人

錯了！

錯了！

錯了！

奔跑在田埂間2B鉛筆膚色的臉上的笑靨

不為什麼操作的操作；不為什麼立場的說話；不為什麼同情的流淚

可是，Malafac ito kako　我迷惘了　　澈底迷惘了

Ta ta ta 走吧　Minokay i loma　回家去吧

回去就會有答案　吧

可是，可是啊！「家」，又在哪裡呢？

亞威・諾給赫

〈寒被〉（二〇一六）

〈yaki 把我的手握起〉（二〇一八）

〈我本來沒打算走進去〉（二〇一九）

Yawi Yukex，一九九〇年生，苗栗縣泰安鄉泰雅族。臺大中文系畢業，專業影評人。從大學開始撰寫影評，文章散於《放映週報》、《BIOSmonthly》、《臺灣人類學刊》、《關鍵評論網》、《幼獅文藝》等網路平臺。常受邀於各大專院校原住民社團、資源中心分享原住民電影中的形象再現。

對文字略有興趣，所以才有機會寫純文學，對於中國古典文學才有的微言大義特別著迷，不喜歡長篇大論，更喜歡冷靜但正中紅心的文學，對族群議題特別在意，所以更常寫的更多是時事的評論文章。

寒被

當烏雲在我腳下
山上像蓋一層寒冷的被子

yaki[1]在燒火
濃煙如一支箭矢筆直朝上
想穿破卻穿不破
手腳開始發冷
抽著菸斗yutas[2]縮在藤椅上
靠著篝火
一眼都沒有離開過遠處那片竹林
銳利堅韌的眼神
只出現在盤旋在大霸尖山上的老鷹

暖陽只出現一下
隨即被濃厚雲層遮住
追著陽光的孩童們專注的眼神
yutas 說那是獵人正在循跡
還說我應該也跟著他們
看能不能追回一點祖先的溫度

火燒得愈來愈猛烈
我看得開心
yaki 卻撥開幾個熾熱的木材
濺起火花快速消散像我的心情

---

1 yaki：泰雅語，「奶奶」之意。
2 yutas：泰雅語，「爺爺」之意。

我用一場任性來賭氣
沉默的 yaki 拿一件織好的時裝睡衣
把睡眠和低語放進去
不知多久之後
睡夢中我才知道
木材燒得太旺
之後會沒得燒

不管過去還是現在
沒有人知道
冬天會有多長
沒有人知道
什麼時候可以掀開寒冷的未來

yaki 把我的手握起

yaki 把我的手握起
她已半盲
掌心的溫度是條道路
盡頭是竹林　是菱形紅磚
是生鏽鍋爐的燻煙

清晨的陽光遲了
山的那頭視線半遮半掩
屋外的篝火懨懨
只聽 yaki 低頭呢喃
冬天的山谷風也酸
千層皺紋正心事重重

瑟縮的狼犬慵懶伏著
耳朵不時豎起
只見親人們魚貫而入
而出
yaki 索然無味直視門外
在外頭的我
正盯著迸裂的火光

在牆上的遺照
一個眼神都是一場世間的嬉戲
都說往生便結束
yaki 慘淡說著這才是開始
略微傾斜的十字架
上頭幾條蛛絲的重量
撐不起這場噩夢

醒轉繼續延伸

原來給林野的謳歌得放上價格
對群戀的喜悅打不了折
苦苦哀求的
是 yaki 佝僂的步伐
和醉倒在雜貨店旁
生不逢時的英雄

無可奈何
一陣犀利的鳥鳴響徹部落
誰都沒聽到
yaki 就把我的手握起

我本來沒打算走進去

普通的水泥房和壁癌
普通的鐵皮加蓋
和普通的十字架
都倒了

龐大的拆遷機具轟轟然
枴杖上的積灰被震落
遠處大人們在叫喊
我好擔心 yaki 會被吵醒

不久前曾被大人們嘲笑
說苦花其實不是一種花
氣急敗壞的我回嘴

那番茄跟你們一樣也是番嗎？
先笑不出來的是他們
先哭不出來的不是我

冬天的冷風原來也有信仰
吹進教堂裡的只有飽足感和一些笑容
酒鬼踉蹌跌進來撞上一株安詳繽紛的樹
大門突然敞開的聲響與眾人驚呼同時發出
外頭樹林聽起來很像我哭的樣子

龐大的拆遷機具緩下來了
這時的我突然發笑
一拳打下去我會喊痛的泥牆它能拆
一拳打下去 yutas 會喊痛的人牆就動不了
爸媽看到我都在哭

我以為他們會生氣
我以為他們在看我
yaki 從房間走出來說
「你怎麼在這裡？」
我本來沒打算走進來的

游以德

〈口傳史詩〉（二〇一九）
〈羅老師，您好：〉（二〇二〇）
〈平地人〉（二〇二一）

Sayun Nomin，一九九〇年出生，桃園市復興區拉拉山泰雅族。臺灣大學戲劇系畢業，現就讀臺北藝術大學文學跨域研究所。劇場演員與文字工作者，原住民族電視臺《尋 miing 紀遺》、《出力 CEO》節目主持人。重要劇場經歷有：莎士比亞的妹妹們的劇團《泰雅精神文創劇場》；二〇二二兩廳院秋天藝術節跨國共製《寫給滅絕時代》；趨勢教育基金會《愛是我們的嚮導》、《光年》；兩廳院藝術出走《阿章師の拉即歐》等。

文學寫作關注當代原住民，曾獲二〇一八臺灣文學獎原住民漢語散文金典獎、二〇一九原住民族文學獎散文與新詩雙首獎、第二二屆臺北文學獎散文優等、入圍二〇二一臺灣文學獎劇本創作獎等。作品常見於文學雜誌，專欄創作〈尤敏巴度那個無法田野〉發表於《幼獅文藝》。

口傳史詩

巴度囑咐他的兒子尤敏：

天地萬物源起
轟隆隆
巨石崩裂
祖先的輪廓穿越朦朧的塵土悠悠浮現
泰雅主宰了世界
三位勇士與中箭而亡的烈日
打獵、紡織，勤勞的人必得賞賜
散漫、懶惰，祖靈懲罰變成猴子
生命笑有時、淚有時——
莫忘，你是祖靈驕傲的泰雅之子。

尤敏囑咐他的兒子一郎：

天地萬物源起
轟　隆
巨石崩裂
祖先　　穿越朦朧的塵土　　浮現
泰雅主宰了世界
三位勇士　中箭而亡的烈日
打獵、　　，勤勞的人必得賞賜
　、懶惰，祖靈懲罰變成猴子
生命笑有時、淚有時——
莫忘，你是祖靈驕傲的泰雅之子。

一郎囑咐他的兒子高彼得：

天地萬物源起
轟
巨石崩裂
祖先
　　主宰了世界
　勇士　中箭而亡的烈日
打獵、　，勤勞的人　得賞賜
　、懶惰，祖靈懲罰
生命笑有時、淚有時——
莫忘，你是祖靈　的泰雅之子。

高彼得囑咐他的兒子高家豪：

　　萬物

　　崩裂

祖先

　　　宰了

　　勇士　中箭而亡

打獵、　，　的人必得

　　、　，　懲罰

　　　　、淚　——

忘，　祖靈　的泰雅　。

羅老師，您好：

「吼吼吼吼吼」
吼吼吼吼，吼吼吼[1]
吼吼吼吼吼……
吼吼[2]

吼吼吼？
吼吼吼吼[3]吼吼吼
吼吼，
吼吼吼吼吼[4]。
吼吼吼吼吼吼，吼吼吼
吼吼吼——
吼吼吼吼吼吼：「吼[5]」？

吼吼吼，吼吼吼吼吼吼
吼吼吼吼[6]吼吼
吼吼——
吼吼吼吼吼。

1 阿美族語：記者會。
2 泰雅族語：發言。
3 排灣族語：素未謀面。
4 布農族語：大中華思想。
5 卑南族語：誰。
6 魯凱族語：眼淚（另譯：代價）。

吼吼[7]、吼吼[8]、吼吼吼吼
吼吼吼吼[9]……
吼吼吼吼吼，吼吼
吼吼吼吼[10]
吼[11]吼吼吼吼吼
吼吼吼吼吼吼吼吼
吼吼，
吼吼吼吼吼
吼吼「吼吼吼吼吼」吼吼吼吼[12]。
吼吼？

吼吼[13]
吼吼吼吼吼吼吼吼[14]。

吼吼吼吼[15]吼吼，
吼吼吼[16]吼吼

7 鄒族語：信念。
8 賽夏族語：輕蔑。
9 達悟族語：矛盾悖論。
10 邵族語：請定義。
11 噶瑪蘭族語：善（另譯：反覆原諒）。
12 太魯閣族語：不予理會
13 撒奇萊雅族語：祝福。
14 賽德克族語：文化部。
15 拉阿魯哇族語：生活周遭。
16 卡那卡那富族語：原住民。

平地人

謝世忠教授撰寫《認同的汙名》，
一本臺灣原住民族研究必讀經典作品，他是平地人
公司老闆帶員工到我的故鄉旅遊，他是平地人
房東太太偶爾就掛一袋水果在我門外的喇叭鎖，她是平地人
長庚醫院梁醫師救活我外公，他是平地人
打工同事堅持塞一千給沒錢回家的我，他是平地人
寧奶奶從臺大榜單上圈出我的名字興奮地送給我，她是外省平地人
關曉榮攝影集《2%的希望與掙扎》，
記錄八〇年代阿美族的生活與文化，他是平地人
指導教授視我為普通生嚴格要求錯就錯沒有藉口，他是平地人
圖書館保全周五晚餐後會偷偷留一個位子給我，他是平地人
里長伯三不五時通知我原住民學生最新受理的補助種種，他是平地人
計程車司機轉頭盯著我好奇地說啊達觀山神木裡速不速真的有狗熊?他是平地人

教官在颱風天淋著雨把傘讓給我，他是不會笑的平地人
數學老師離題講授原住民狩獵和生存需求，他是平地人
林宗正牧師率領多位原住民青年破壞拆毀嘉義火車站前吳鳳銅像，他是平地人
事件落幕一共四人被起訴，法官林勤綱判決無罪定讞，他也是平地人
國小老師趁午休握著我的手教我寫出泰雅兩個字一遍又一遍，他是平地人
巷口雜貨店老闆教我硬幣的臺語怎麼說，一塊叫幾摳、十塊叫渣摳，他是平地人
同班同學的媽媽每天中午會多送一個便當給我，她是平地人
鄰居婆婆常叫我原住民小朋友，某個午後，她送我一隻沖繩買的豆豆龍，她是平地人
公園角落有一座芭比小屋，裡面住著一位笑著聽我說話的娃娃叫土地公，祂是平地人
三十年前，鳳山少女上嫁巴陵部落懷胎十月，
將靈魂、生命、愛的能力賦予我，
她是平地人。

黃璽

〈Yutas〉（二〇一三）

〈鬧鐘上的主觀泰雅爾族詩〉（二〇一五）

〈采風隨筆集〉（二〇一八）

〈莎拉茅群訪談記事〉（二〇二一）

Temu Suyan，一九九〇年生，臺中梨山泰雅族與高雄那瑪夏布農族的後裔。Slamaw人，老家位於臺中市新佳陽部落。國立政治大學語言學研究所碩士。

國小就離開部落在都市長大，大學時期才開始提筆創作，研究所時期因為田野調查而有機會更深地探究自身族群文化、語言與歷史。曾獲多屆臺灣原住民族文學獎，獎項包含新詩及小說首獎；並於二〇一九年、二〇二一年，分別以詩作〈十二個今天〉和〈莎拉茅群訪談記事〉獲臺灣文學獎原住民漢語新詩獎。作品大多以當代原住民面對時下社會議題所產生的斷裂與妥協做為書寫主題，並常用詼諧、荒謬或諷刺的風格進行書寫。著有詩集《骨鯁集》。

Yutas

Yutas 走了，
我從來沒有見過他的樣貌，
不過我應該可以從 Yaba 的身上找尋到他的形態，
卻我沒有機會，
因為 Yutas 帶走了他的樣貌，
也帶走了我的樣貌。

Yutas 走了，
我從來沒有踏過他的足跡，
但是我或許可以從草木中的獵徑找到他的去向，
卻我沒有機會，
因為 Yutas 帶走了他的足跡，
也帶走了我的足跡。

Yutas 走了，

我從來沒有聽過他的話語，
也許我真的可以在 Yaki 的言談中聽見他的沙啞，
卻我沒有機會，
因為 Yutas 帶走了他的話語，
也帶走了我的話語。
Yutas 走了，
他揹著滿滿的竹簍走了，
我唯一知道的，是 Yutas 沒有紋面，
我不知道的，是他的竹簍裡面裝的是我，
還是整個家族。

鬧鐘上的主觀泰雅爾族詩

一、人

泰雅爾一詞是掏空聲音而成的杯。
把傳說割頭的獵刀插進去，小心手指。
把那孕育人的石頭滾進去，小心腳趾。
把小舌後面的塞音吐進去，小心牙齒。
把撐天的山和漫地的海都倒進去，小心自己。
卻也要小心過多的小心，如果沒有滿滿尖尖，
沒有人要跟你乾杯的。

二、詩

我用脣上的打字機開始寫已經沒有人和的詩，

咚嗡，咚嗡嗡嗡，咚嗡嗡，咚嗡嗡嗡，
咚嗡嗡嗡，嗚嗡，咚嗡嗡嗚嗡，咚嗡嗡，嗚嗡，
咚嗡嗡，咚嗡嗡嗚嗡嗡，咚嗡嗡嗚嗡。
哎呀！最後那一句有些錯，應該是
咚嗡，咚嗡嗡嗚嗡，咚嗡嗡。

是妳的雙耳，將這首詩送到妳也咚嗡悶響的地方，
我用繃緊的指節謹慎地拉動這裡頭的織紋與配色，
妳若可以也請不要細細地解讀它，
因為那裡本來就沒有象形文字，也遑論還有聳立的獸出沒，
那裡只有每個稍縱即逝的我佇立在隱約處，像受燈的飛鼠。
只希望妳能聽出，這是一首從我眼瞳中向妳逃逸的詩！

三、紋

搔搔臉頰，摳摳額頭，摸摸下巴，
是掉了還是忘了並不重要，
重要的是我們的信仰早已是垂直而不是水平，
所以只能繼續上行或是繼續下降，
不必傷心難過，因為你我都知道，
你的沒有顏色、我的沒有疤痕。

四、獵

這裡正進行把公尺換算成秒數換算成角度換算成牛頓再換算成公斤的儀式，
隨疾走速度縝密隊列的是蓄著力的風柱，
不斷從風隙中川流而過的是似密網的草木，

從綠網孔洞中逃漏的是眼睛噬入光譜的聲音，
從聲音遞減過去的四周都是同一個信仰的場域，
咚。
最後的悶響從幾近瘋狂的犬隻雜沓中緩步離開，
正好跟汗水與血滴混合的溫度相互擦身而過，
這樣溫鹹的潮溼氣液縫補了剛破裂的綠網，
重新交錯的綠網織住了曾奮力勸阻的風，
殉教者與準殉教者循原來的風隙回去。

這裡繼續著把公尺換算成秒數換算成角度換算成牛頓再換算成公斤的儀式，

五、愁

誰在夜裡嘆了氣，鏗鏘。故鄉裡熄了一盞燈。
誰在燈下闔了眼，潑刺。故鄉裡少了一滴露。

誰在城下回了頭，霹靂。故鄉裡忘了一個人。
胡亂地翻找，用山的角去拼海的凹，不問故鄉是怎麼樣的一個地方。
不想文明的身軀只能換得荒野的一隅，更不乞求同樣顏色的飛絮。
只是在手掌中默默地感謝，在似有似無的歸途上。感謝祖。

采風隨筆集

枒之歌

雲扶著山稜慢慢／風在花瓣與草根之間慢慢／石頭在溪裡慢慢／
獸慢慢／鳥慢慢／魚慢慢／
慢慢、默默、慢慢、默默……

他們聽見／又有一塊／啞巴的屍體／說了再見。

魔性之歌

還活著的時候沒有聲音，
卻不小心打出了黑白泛黃的噴嚏，
遂被檢視為

美好、古老、神祕、通靈、野蠻、叢林
的魔性之歌。

石之歌

那滾下山去的石本要進入下一個五千年的沉睡，
卻滾進了司法程序。
它很懷疑：上一個五千年，沒有犯法啊？

檳榔之歌

離鄉啊！歸鄉咿！
啊、咿、啊、咿、啊、咿、啊、咿、
山上的特仔，
在都市裡剩檳榔渣。

水泥之歌

夜晚比蟬聲滯悶，
離鄉的模樣是一場接龍，
可以接到只剩一幢光氤，
在裡頭把自己燒了，遞出去，
直到時針與分針都綁好了腿飾，
便離開，
盛夏的夜晚有盛開的蟬聲。

白晝比鳥獸嗜血，
在未完成的結構裡頭傾倒，
四層樓以上的地方沒有舞圈，
承認吧！遠方都是故鄉，周身都是腳印，
等到分針與秒針開始領唱，

便離開，
盛夏的白晝有盛開的鳥獸。

莎拉茅群[1]訪談記事

這將死的水怎麼忽然
映成他眼中的一床溪水，
那時還未搬運那麼多的灰與泥，
尚是一隻在石群間吐信的蛇，
嗜血且偶有暴躍的模樣，源源不絕，自信的模樣，
那未能被現代記錄的部落在旁，背後長著高且老的平原，
載有能盛光的湖，風湧時張口，
青年們將夜晚開出一條獵徑上去，

1　大甲溪流域泰雅族莎拉茅（Slamaw）群，群內耆老口傳，此群人於南投祖居地遷徙至佳陽沖積扇後便不再移居，人丁興旺，最盛時有超過三百戶居住的聚落。直至日本殖民時期，因抗日作戰造成人口驟減，降後被分成兩個部落：梨山部落以及佳陽部落，在中華民國政府來臺後，因應中部地區用水需求而興建水庫後，佳陽部落被迫遷村至如今新佳陽部落之地點。

在能見的日光有了溫度後，
光著膀子，以嬉鬧的方式將自己餵養進去，
此時，溪旁的老弱婦孺亦將祭品打開，
讓血液汩汩地潛入溪中，雨便降下，直至分不清血與水，
這一床活跳的溪水怎麼忽然，
映成他眼中一條將死的水，老者說：

祈雨祭，那是
在三百戶祖先墾
居之地，那時

人活得熾熱，
織紋與靈神共存，
直至那溪流

被炸裂的紅
日刺出了膿血色，
濺得祖居地

長出了枯骨
幾千幾百叢成蔭，
直至不能住

人，那溪流就
長出了分水嶺來，
便愈流愈遠，

往改宗的方
向流淌，往能活的
方向流淌著，

自此，水開始
蒸發，使紅日劇變
為白色日輪，

老者說，在這之後就莎拉茅群便沒有祈雨祭了，
一條又一條的獵徑長出了梨子，
每顆金黃飽滿的梨子可以長出一個孩子，
孩子們特別喜愛在溪裡玩，
像魚被日光照到會反光一樣，
孩子們也反射著光，
漸漸地，誰也看不清他們的面孔了，
父執輩們便鑿穿山壁引入白色日輪的光，
母執輩們則開始哭泣，眼淚流入溪裡，開始堆積在
部落、眼淚、眼淚、眼淚、
部落、眼淚、眼淚、眼淚、眼淚、

部落、眼淚、眼淚、眼淚、眼淚、眼淚、
部落、眼淚、眼淚、眼淚、眼淚、眼淚、眼淚、
部落、眼淚、眼淚、眼淚、眼淚、眼淚、眼淚、眼淚、
洩洪，
眼淚、眼淚、
眼淚、眼淚、眼淚、眼淚、
眼淚、眼淚、眼淚、眼淚、眼淚、眼淚、
眼淚、眼淚、眼淚、眼淚、眼淚、眼淚、眼淚、眼淚、
……

老者在將死的溪邊駐足許久，容貌在溪底更迭，
我移往高處，此時訪談接近尾聲，也更接近遷村的後裔，
在移動的時候，原本浮腫的水體只剩殘肢斷臂，
我終得以窺見那條溪流的全貌，遠至視界外蠕動的源頭，
近至那些從不回來的水珠——水還未死，

那是我以為的答案，而旱象是在我準備之外以答案的形式出現的問題，
我即將悄悄地往下游離去時，突然間，
老者轉過頭來，慢慢彎起停經已久的微笑，和藹地問：
孩子，你知道部落今天
會停水嗎？

卓家安

〈隔壁的神話〉（二〇二二）

Ihot Sinlay Cihek，一九九一年生，根源於太巴塱（Tafalong）及壽豐（Ciamengan）部落，阿美族。為表演藝術創作者，目前游移於花蓮與臺北兩地。受過表演、編劇等專業訓練，自大學期間即不間斷地參與許多演出，嘗試不同的表演藝術類型，探索各種表演的可能性。興趣為身分政治、性別理論及表演哲學。二〇一八年開始積極回返及探索自身的母系部落文化，試圖將作為當代原住民女性夾纏於部落、都市／傳統、現代性之間所經歷的「挫傷」與「蛻化」，藉由各種表演藝術相關形式現身與發聲。近期編導演作品：《神話與笑話》入選 Pulima 表演藝術獎、《我好不浪漫的當代美式生活》入圍第二十一屆台新藝術獎，並獲得二〇二三年 Pulima 表演藝術首獎；文字創作方面，散文〈看了鴻鴻老師戲我的〉獲得二〇二三年臺灣文學獎創作獎．原住民華語文學創作獎散文首獎，另亦曾獲得後山文學獎、原住民文學獎、阿美族語文學獎之肯定。

隔壁的神話

不久
以前、隔壁的 Kacaw 的朋友
的叔叔的三姊的小妹的輔導員認識的
一個少年、在東區一間
二十四小時大太陽的誰渾賺第四年只繳息期的學貸
大夜、世界忽爾遭逢大旱
卻只有他渴
清晨人群通勤失語如昔、不疑有他
只當牠張著嘴啞巴
雙爪交擰頸項、仰眼霧露
翩翩雲端存的雨和發票都須等待
兩個月開獎

他曾降生為人
被目為天才、年幼螃蟹的老靈直覺
便已引領整個家族見證溪水的流向
豐收田穫、他預言
伏溪：細瀑：暗流
東去、必然沒於白浪盡頭
部落的舌頭於是沒有口水
靈占失準、耆巫流浪
我們抵達渴不如死的時代

但他不記得天才
凌晨四點、去狩獵一條河流
交通枯槁、魚貫壅塞於無人的壩臺
隔牆舞池洶湧、唻咕唻咕唻咕
機車頭燈閃爍

誰回頭反射兩顆發光的玻璃珠
誤會一雙暗巷小鹿

尖蹄龜裂道路
巨廈巍峨但不湧泉
鷹架沒有老鷹
他逆迴西洲
部落乾乾
靜靜
背著日出只獵到一條金流淤滯

而他不記得天才
剛亮、文明欲望與存亡無關之物
物流全年無休除了颱風
於是他用力噩夢三隻鶯鳥

翩翩、召喚遠古曾有海嘯許久
未退、保育類的動物和保育類的人允許倖存
狩獵一條河流、苦雨逆水
暴漲淹沒二十四小時大太陽大旱於世
不渴

潘宗儒

〈失神〉（二〇一五）

paljaljim paljatja，一九九二年生，排灣族。臺灣大學社會工作學系畢業。父親來自屏東內埔，母親來自屏東滿州，從小在新北市生活，十六歲時登記為排灣族。現任職於屏東縣牡丹鄉公所。

失神

之一　教室

夢擱淺在沒有船的臂彎
體內汩汩而出的靈魂
凝合成袖口上的湖泊

老人說：水會記得他走過的路
那就捧一掌心的人造水
讓自己溺水

自來水來自祖先
居住的地方，沉沒的舊城

沉默的口述史
從荷人的臺南、吳沙的噶瑪蘭
到總督府的凱達格蘭

老師說：去洗把臉會比較有精神
「花東地區早期是原住民的山海家園」
答案只能寫〇

之二　校外教學

琉璃珠試著與口簧琴對話
沒有人答腔
望向寂寞的羽毛
沒有子嗣探望

（衣飾文化展示區）
立委西服的嘴角縫著吾黨所宗
國軍弟兄的勇士裙不斷剪裁
鐵工們彼此換工，也喚不回青春汗衫
村長廣播說：給頭目一條值星帶
貴族與平民才會一目了然

（生活器具展示區）
陶壺是祖靈的居所
請問祖靈在不在？
我願成為你聖潔的居所

他輕盈地穿透櫥窗，凝視著
每一個參觀他的人
等他回神

之三　暑假

一副太陽眼鏡
一副無視太陽神的樣子
跳舞憂懼跌倒
夾腳拖著步調
擠在縱谷堆在海岸
沒有餘地的普悠瑪號

渴慕亮眼的霎那
販賣了永生信仰
快門比鈴鐺先響
國王比諸神偉大

人們唱和著最真切的虛詞

願平安歸於海洋
願山林看顧於你
願主，保守祖靈

還願臨到祭場
赦免我們失神的罪

巴干・瓦歷斯

〈織夢裡的路〉（二〇二二）

Bakan Walis，一九九二年生，南投縣仁愛鄉眉溪部落（Alang Tongan）賽德克族。

由衷感謝父親（Walis Perin）、母親（Apiy Mowna），美好的書寫來白於家庭給予的族群認同及價值，如果世界上沒有賽德克族，便沒有自己。所屬的族群和文化，是充滿愛的，在自己族群的文化裡學習到了「欣賞每一種獨特的使命和價值」，不評價任何一種可能，這樣的核心使自己透過自己的文化，了解世界上的美好，最終認識自己，「尋根」是因為不管抵達何處終究知道自己與「根源」相關。感謝一路相伴的人事物，他／她們都是編織自己的生命路上的一絲線、一處結。

織夢裡的路

那晚，夢裡
赤腳踩著溫暖的泥土
腿上的紅布被泥巴抹了一道
抬起頭，尋著四周
生活的樣子被迎面而來的女人訓斥
金色的紋路在女人臉上閃過
一、二、三、四……
五條寬線，暈染她的額頭
夜晚的星星，像橋，抹在她的臉頰

「停留原地的，不只是你自己。不要再拖累我們！」
強烈的指控，像巨石滾落砸在心頭
「砰！」響了很久……很久……

「我沒有。」

微弱的抵抗，無聲地吞噬了剛燃的火苗
煙，飄得很遠……很遠……
再次抬起頭，望著她臉上的宇宙
我既是她；她也是我
眉尾如山，鼻尖似峭壁，照鏡子般
我們的模樣，宛如雙胞
她的紋面，閃閃發光；而我的臉，灰如塵土
失去了紋路
「啊」
夢，醒了

那晚，博物館裡
雙手觸摸了一塊一九〇七年的晝夜
那是纏繞在身上的其中一片

俯身尋找盡頭
生活的樣子被摘下的結痂包圍
紅色的紋路沉浮在布鏡[1]下
一、二、三、四……
五個結，藏在細膩的包邊裡
一九〇七.〇三.二一[2]，像夢，閃過每道彩虹的影子和記憶
「一九〇七年，第三批，第二十一件古文物」

Pala Pniri[3]從此有了博物館編號
「來自Paran，霧社」
她的Pala
至今仍不畏風雨，在外飄盪嗎？
流離多久最終深埋在八千公里外的異域
布鏡下的紋路抓著滿天的星空

一絲一縷，雲霧飄渺
注視著布鏡裡的山河，深吸口氣
「啊！原來！」
這是一九〇七年的我們

1 有放大鏡效果用於觀看織品排列的器具。
2 這是博物館館藏編號格式，表示「一九〇七年第三批來到博物館的古物，該批當中第二十一件藏品」。
3 賽德克族古老織法之一，將挑織、平織、斜紋織等技法織在同一塊布上，呈現出若隱若現、華麗又樸實的獨特紋路。

莊嘉強

〈一個原住民的誕生〉（二〇一九）

Kacaw Sapud Kiwit，一九九二年生於臺北三重，阿美族。曾經是一名漢人，現在是原漢混血的第二代都市原住民。

在多元交織的啟蒙下，跳脫了年輕時長期沉溺的原漢二元對立情境，開始了對於身分認同與壓迫結構的批判性反思。用文字自我療傷，用文字參與社會，在書寫的川流中留下存在的遺跡。

一個原住民的誕生

那一天，我死了
從都市趕回部落的山路上
被山羌攔腰撞下懸崖
正好是巨人阿里嘎該死去的地方
沒來得及加入豐年祭的喧囂
屍體靜靜地在秀姑巒溪浮沉
靈魂散落岸邊
聆聽遠方祭典反覆吟唱的豐收
為我的死亡喝采

東邊的神祇拾起我的靈魂
丟入鳳凰的炎中熔解
灌入青銅的模具中鑄造成

「平地人」

祖靈踏著激流上岸，給我一套族服
「算什麼年輕人
沒看過長這麼模糊的」
是死狀慘烈，還是尚未成熟
沒有深邃面孔與黝黑肌膚
只能用編織的圖騰來偽裝

縴夫說順著主流是死亡的盡頭
是胼手胝足，還是發育不良
沒有飛魚水性與虎背熊腰
只能抱著巨杵乘著巨臼
但一樣沒能忤逆潮流
是雙目失明，還是視而不見

沒有凝視獵物瞳孔的勇氣
頭燈只照亮前方的深淵
但不照未來

也許碰撞是我的本命
甫出河口便被黑潮攔腰撞入太平洋
溫暖的海水輕柔包覆卻是窒息
一頭巨鯨將我吞噬
成為運送族人前往發源地的核廢料
但我說話沒有鹽巴，酒精濃度卻超標
難以下嚥，一口吐出
像是一攤不雅觀的檳榔渣
乾涸成火燒島的末日餘暉
西邊的法醫打撈我的身體

為我身分寫下註記
「阿美族」
死因：自體免疫系統排斥
是事故，還是自殺

嚴毅昇

〈逐漸混色的海洋——致夏曼・藍波安〉（二〇一五）

〈不在之地〉（二〇二一）

〈在我身體裡的那座山〉（二〇二二）

Cidal，一九九三年生。原母漢父，跨族裔身分者，屏東大學中文系畢業。現為政治大學民族學系原住民族社會永續科技發展平臺計畫兼任助理。工作之餘為自由接案文字工作者，創作以新詩、社論為主，偶有散文。曾入圍二〇二一年臺灣文學獎原住民華語新詩創作組、二〇二三年周夢蝶詩獎。曾獲二〇一六、二〇二一、二〇二二、二〇二三年臺灣原住民族文學獎。詩與其他創作散見《幼獅文藝》Youth Show No. 一九二、二〇二三臺北詩歌節詩選、二〇二三高雄世界詩歌節詩選及臺灣各家紙媒。另有集體著作：《劃出回家的路——為傳統領域夜宿凱道 day 七〇〇＋影・詩》、《運字的人——創作者的鑿光伏案史》。IG:cidal1993。

逐漸混色的海洋——致夏曼．藍波安

我與睡著的防風樹說起族語
它不懂語言隔閡的嘆息
像是蘭嶼之於臺灣母親
臍帶，像山蜿蜒
入海的羊水
被浪花層層剪斷
從此失去接連的血液

海溝的深度如腦皺褶
潮潮摺來的波狀
以為頰上的紋也漲潮了
詩聲的舞姿
與太陽正漸漸漏氣

祖靈的眼睛留在岸上
成為過時的魚皮
和漂流木

離枝落葉潛入水中
沉澱，很黑很黑的視線
黑到我以為不是黑夜
只是雙眼被海風宿醉
老海人唱的詩歌裝進酒瓶
酒精射不準魚
而我的舌射中酒精
在大海中漂浮的夢
都是酒鬼的影子
都只是一群被孤獨慰藉的飛魚

又在夜晚與睡著的防風樹
說話，聽它的夢囈
聽見葉子終於嘆息
期待是不是也晒乾了小米

酒醉的拼板舟
射魚時，蒐集著閃閃發光的鱗片
漂著浪裡忘記疼痛的血
汛期，看見海上跳躍的月
讓海的顏色愈來愈深
深深的藍，深深的夢
深深舟腹，深深是家
製成飛魚乾癟的求生
意志和我
眼底的靈魂踏浪時依舊浮動

白日靠岸，不該坦露剝開海的顏色
剩下多少絡祖靈的聲線在拉著我們
達岸附石而乾的鹽巴
都沒吃過幾次
和飛魚一樣
因為更能獵舌的食物，忘了
提早回家

不在之地

總是要抄襲昨日走過的路
在晨霧中重複呼喚陌生的家
半路找尋不存在的分身
問我時間，為何總是放棄原來名諱？
為何村口違和的水泥拱門名為上田組部落？
Sadida'an 的母親說：「dida 是太陽出來了的地方
Cidal 的腳被 dida 給黏住
光明複沓在土地上
Sadida 哪裡的泥巴會黏在我腳上
那裡就是我的家。」

Cidal 越過海岸山脈的背
從老家背後的小耳朵聽見：

「Sadida'an 位於長濱海階上方，
北倚都巒山層，由西向東傾斜。」
——資訊網的電子音如是說。
這裡水田一一廣布
還不到那一句水田不要賣
或許將之視為喚醒的方式
或當一個能被喚醒的人
一種還愛聊天的文字

dida 上的老人家點播〇八九
用部落的嘴巴告訴我
幾句陌生日文的借詞族語摻雜臺語
用我學不會的那一種什麼都會種的聲音
九六．三對於政治議題總是消化出不良反映
海是要多聽一切上帝的福音

還有農會來的年輕人發敬老金
狩獵部落的工作夥伴
有些時候紅包比三合一（的我）好溝通
在抵達靈魂歸所之前
即使文健站的預算跌倒還是要多編織一點躺下費

月亮七點
精神的播種祭
隔壁家族過年宗親會歡欣熱舞
座前的父女淺淺對話：
為什麼我們沒有唱族語歌？

「不行。
我們只能唱
教會的詩歌。」

西部來的我思考著
那是否還能視為文化的另一種傳統？
走在村落三叉口休止找尋的腳步
牆的時間斑駁延伸至十架教堂
彷彿規馴著正凝視我的神
金剛山下田野青綠
那我不被種植在此之地

在我身體裡的那座山

Cecay、歷史

在 Siraya[1] 與 Kebalan[2] 還沒走到石坑山
海岸一直往山的東側靠過去親吻太陽的臉
天晴時，西邊的山崖秀出白髮
猩猩露出顏面的深邃
溪流是牠在雨中洗澡流下的水跡
一顆顆單石與石輪鑲嵌在村落矮房與石牆中
遺留古時候殘存的記憶
像 Pikacawan[3] 面色不改地守候佇立
Kakacawan[4] 的人用拔黃藤的力氣
在泥巴地耕造出金色的海洋
暮落來臨

我摸黑尋找年祭消失的原因
古老黑山與紅藜色交錯了命運
十字繡紋跳起歡迎歌舞弄二十一世紀
手中的小米穗結籽成星星
如露珠是洪水後裔
後裔的情人　眼淚汨汨在坡地邊滾動
染紅的雲群隨風飄向大道直達太平洋……
也在我身體裡成為故事

1 Siraya：西拉雅族。
2 Kebalan：噶瑪蘭族。
3 Pikacawan：瞭望臺。
4 Kakacawan：長濱舊稱「加走灣」。

Tosa、行走

耆老輕訴著……
「行走要像太陽，心要像月亮謙卑守護，
兩者並行，才是一位阿美族人。」
我試著當一位採集思想的阿美食家
沉默割除漫布的荒草
向山靈打招呼
在水田邊做 Mipurong[5]
累的時候搓搓肉桂葉抹在額頭
祖靈會叫醒你的腦袋
將檳榔鞘葉摺成凹形
山萵苣、羊奶頭、野莧菜，一隻山雞加些許刺蔥
葉底擺滿麥飯石與溪流的汗
酌一杯萬壽菊、黃藤、過山香釀製的酒

太陽很大　突然想和風雨一起 Pakelang[6]

Tolo、**在路上**

風雨猛烈拍打茅草屋的梅雨季
想起仍有寡婦吟唱祈雨歌的旱地
再再想起柏油路覆蓋母土
悲喜紛雜生出我的那時代愈來愈近
城市像藤叢般強悍的隨地盤生
我想當一臺割草機以嘴溫柔狩獵
以舌辨識城市與部落中不同的阱陷

5　Mipurong：舊時阿美族人結草占地所做的標記。
6　Pakelang：阿美族人婚喪喜慶、勞務之餘，慰勞及聯絡情感的活動。

以嗓子發出燻火的熱烈與大山的峻竦
向禽魚鳥獸學習四肢的運用
攀爬書寫祕密與祝福：
「Rayray ko to 'as a lalan tayra i da'oc.」[7]
是每一種存在中的眾神正在圍舞
在每一座 Taparo[8] 頂上唱起 Radiw[9]
黑暗中一顆顆汗水與呼息凝結成琉璃隱隱墜落
是一支發光的大冠鷲羽毛在構樹上巧落
古老宇宙瞬顫起微緩卻永恆無止的漣漪
那美好夜晚不斷告訴我：「張開嘴，就是路。」

後記：

詩篇段落小標題的 Cecay、Tosa、Tolo，中文是一、二、三的意思。金剛山面臨觀光包裝以前，舊時被稱為「石坑山」，前幾年回老家時，全家乘車出遊往金崙去，路過一條岔路時停下，大舅跟我們述說那山的容顏是如何像隻金剛。在得知「石坑」的意思之前，我也以為它的名字是金剛，神隱了石坑背後涵義，有古老的存在承載著族群關係與移動的歷史。石坑的意義也來自外人，因為海岸山脈地多岩石，溪水會從岩穴湧出，漢人稱之為「石坑仔」，隔壁長光部落舊地名也叫作「石坑」。

從長光到忠勇到石坑山，是充滿水和石頭意象的地帶。

我告訴我身體裡的那座山，也許我們都有一個不曾被好好認識的名字，該自己說出來。

---

7 Rayray ko to'as a lalan tayra i da'oc.：意指「循著祖先的路，直到永遠」。

8 Taparo：意指獨立的小山頭。

9 Radiw：「歌」或「歌聲」之意。

林纓

〈織〉（二〇一三）

〈蛇的爬行〉（二〇一六）

〈童年的歌聲〉（二〇一八）

〈太平洋的風〉（二〇二二）

一九九四年生於臺北，太魯閣族混血。國立臺北教育大學語文與創作學系碩士。作家，身兼作詞、作曲、畫家等興趣副業。全年無休的重度工作狂，布里居出版負責人。曾獲臺北文學獎、新北文學獎、林榮三文學獎、後山文學獎、懷恩文學獎、瀚邦文學獎、全球華文學生文學獎、全國學生文學獎、余光中散文獎、台積電青少年文學獎、原住民文學獎等。曾作為代表臺灣的作家，受邀出國參加國際英文短篇小說會議 ICSSE 二〇二三。曾獲邀參加臺北詩歌節、臺東詩歌節。童話作品收錄於《九歌一〇五年童話選》。短篇小說被譯為德文，收錄於《Zwischen Himmel und Meer》。著有《Happy Holloween（一）：萬聖節馬戲團》、《Happy Holloween（二）：萬聖節馬戲團》、《Happy Holloween（三）：萬聖節馬戲團》、《Happy Holloween（四）：萬聖節馬戲團》等書。

織

那張毯子自夢境飛出
紫色的午夜，在這神祕又安靜的時刻
我醒來，聽見遙遠的高山
Ciri —— cirri，Turun —— turun[1]
祖母坐在地上，雙腳固定織布機
將一條條麻線用力打緊
緊緊貼合著血緣與族群
以及密密的牽念

以山風流水為經
以蟬鳴鳥啼作緯
以傳統為框架
以愛為梭

Ciri —— cirri，Turun —— turun
織布機訴說著泰雅女子的驕傲
祖母的歌聲來來回回
穿梭成一張美麗的我的童年

取出壓在櫃子最底層
沉默了許多年，祖母的毯子
麻絲不復柔白
像漸漸泛黃的日子
紋飾也不再鮮豔
一如蒙上灰塵和廢氣的生活
我撥弄著毯子一角脫落的線頭

1　Ciri —— cirri，Turun —— turun：這是泰雅族傳統織布機運作的聲音。

麻線卻像回家的路，愈抽愈長

於是我乘上祖母的毯子
離開平地的沉重陰影
在小小的城市盆地不斷上升
風翻開一頁頁的神話
飛毯跟隨那輪三名勇士射死的太陽
變幻成的月亮和滿天星星[2]
翻山越嶺
帶我回去遙遠的家鄉

而茂密的野草遺忘了山徑
時間的急流沖走了路標
家鄉是一片遺忘的白霧
模糊又寒冷的夜

我又聽見
Ciri —— cirri，Turun —— turun
一拍一拍跛行的節奏
共鳴我踉蹌的心跳
輕輕撫著祖母的毯子
我感覺到了麻線裡的陽光
暖暖擠過時間的縫隙
還看到布面上，菱形祖靈的眼睛[3]
依然眷顧著我

2 源出泰雅族神話；相傳太古時候，天上有兩個非常巨大的太陽，其中一輪太陽被三名勇士射死，變成了月亮，而太陽死時噴濺出的血變成了星星。

3 泰雅族布面上的菱形圖騰即代表「祖靈的眼睛」。

蛇的爬行

「你叫什麼名字？」
我是一條蛇
爬過很久、很久以前
鱗片摩擦土壤的摺痕
我向前爬行
太陽升起，落下
獵人的足印踏過碎裂卵殼
走出沉默的陶壺
洪水升起，落下
火焰點燃歌聲
神話在木紋裡閃爍
「你叫什麼名字？」

我是一條蛇
爬過以前與現在
蛇信探測時代的溫變
我向前爬行
太陽升起，落下
菸斗搓著今天與昨天接縫
吐出混雜煙硝的白霧
人群升起，落下
足印與笑聲退潮
歷史的餘燼輕聲咳嗽

「你叫什麼名字？」
我是一條蛇
爬過現在、現在、現在
太陽升起，落下

時間的卵在光下烘烤
我靜靜守候
歌聲升起，落下……
卵蜷縮在陶壺底部
而壺已被遺忘

我叫什麼名字？

童年的歌聲

輪胎的痕跡一直延伸到地平線
仰賴湖維生的漁村人去樓空
那些棄置的船卡在淤泥裡
像溶化後再次冷凍的冰淇淋

真是辛苦啊
一艘半埋在淤泥中的破舊船隻
正好趕上今天的夕陽
黑色的橡膠鞋棄置在船附近
白得發亮的魚頭骨在太陽下閃爍

你會怕嗎

過著與世隔絕的生活
覓食的紅鶴群已不復見
鵜鶘鷺鷥和野鴨也不見蹤影
只剩沒有用處的碼頭
停泊在黃昏邊緣

大多數都是褐色的——
展開的葉子嵌在山脈分段處
葉肉腐朽了，稜角分明的葉脈
在山的眼睛
枯成死去動物的肋骨

好暖和，你說
魚群肚皮朝天浮在湖上
水位降到紀錄的最低點

經歷過乾涸和復原，發燒了

在湖水蒸發的聲音中
我們看見一名穿著橡膠雨鞋戴著破草帽的老人彎著腰
清理菸斗底部尚未燃盡的歌詞
他說：
湖
魚
什麼都沒有了

只剩村落
備受敬重的長者準備聲音與雙腳
祈求豐沛的雨季和漁獲
長途跋涉的旅客會在這裡停歇
而你在這裡等待夕陽

空蕩的建築和被遺棄的船隻
在碼頭排隊等著渡輪

停

回頭
如果跨越邊境
如果往前走……

河床上的窄橋
在轉彎處發現一片小池塘
水面映照著天空的灰燼與土地的皺紋
與一群孩童的笑聲
他們曾經住在漂浮在湖上的蘆葦島

洩漏的油一直延伸到地平線
乾涸的湖泊在這裡等待黃昏

太平洋的風

妳的白襯衣晾
在竹竿上
我的白襯衣也晾
在竹竿上
同一個宿舍，就是有這好處

看起來就像，
在頂樓，我張開細細的手臂
妳也張開細細的手臂
撐飽滿胸的風
準備擁抱

天空藍得像妳的學號

兩橫，一些數字
繡出且框出
妳的憂鬱，和胸前
被口袋壓得薄薄的夢

海潮規律得像
夜裡，上鋪傳來妳的呼息
我蜷在被子裡，想著明天
要給妳蘋果還是雞腿，或是一封信
讓妳知道：妳的憂鬱
也是我的憂鬱
潮聲說著妳的夢，我的裙
我們被海浪推擠，壓成薄
薄一片，塞進胸前口袋
熨過，摺疊過

但每當洗完，晾上竹竿
頂樓撐飽滿胸的風的襯衣
還在隔著空氣擁抱

蔡宛育

〈Comprehending〉（二〇一八）

Tjiasa，一九九五年生，臺東縣達仁鄉森永部落排灣族。畢業於臺灣大學中國文學系。

曾以短篇小說〈豔紅鹿子百合〉、〈Epiphany〉、新詩〈Comprehending〉獲得第八、九屆臺灣原住民族文學獎。作品大概是那個時代、那個經驗，以及當時作為那個角色下的產物——來自都市原住民剛返回部落的時期。但現在部落、政策、家族，和筆者所在的位置，都已經變化滿多的了。

Comprehending

我悄悄一人回老家來，
在山頭的這一側，流連、徘徊，在走到思念的花樹下後，
想起你的母親總說我們是無緣的一對，又折回看得見你的家的屋瓦的那個山坡。
從那個方向來的風，親吻我的耳朵，使我的心愈發滾燙。
不得不沉醉在這樣的溫柔裡，想念你歌聲裡美好的希望。

但是花樹啊，不要讓我一看到你就充滿念想，
屋瓦啊，撐過風雨、充滿傷痕的你，令我的心反覆搖盪。
不要讓成過家的我絆在道路半途，遲遲地流浪。

我偷偷地走在綠蔭的坡道上，
不知不覺手裡拎了橘黃色的長壽菊，正在尋找足夠數量的羊齒。
陽光太過燦爛，晒得我頭上的樹葉頹靡。想起那一年你跳舞在廣場，

綻開在你佩戴的花環上的鮮花，承受不住你的美麗，紛紛凋落、枯萎。
我這才想起強光下採的花必然很快死亡。

但是山啊，請你靜靜地掩去花枝子被掐過的痕跡，快快地讓草樹生長。
天空啊，希望你降下大雨，讓人們不會出現在道路旁。
不要讓任何人發現我遲到的愛啊。

我孤伶伶地走在部落的道路，
屋牆的繪畫投映我的眼瞳；炒煮的炊煙沾染我的臉頰。
吹過草地的風啊，請你帶來沙子，吹向我愚鈍的雙眼，逼得它不得不流淚。
我這才發現部落是彩色的啊。
低垂的夕陽啊，請你變得更加豔紅，強烈地，把每一絲光用力地打到我臉上。
不要讓人發現我被自己的愧疚挑撥得滿面紅霞。

我靜靜地推開家門，摸著黑，誰也不在的屋子等待著我。

屋子還是如此乾淨，令我替沒能多做上事而後悔不堪。
梁瓦啊，我知道他們遠行，所以就這一夜，別讓家人回來看見我的羞態。
別讓他們安慰的話鑽進我的耳朵。我已經懂得他們的嘆息了啊。
我已經痛苦地不得不一個人偷偷地跑回來了啊。

年輕時覺得山下的霓虹燈遠比彩虹亮眼，伸手能及，
和白得螢光的人結親，就能有夢寐以求的聰明高級血液。
城市就像寶石玻璃一樣閃亮，讓我以為石頭做的家如此黯淡貧瘠，
到頭來沒有東西願意和我一起回到山地。
我靠著牆，撫摸母親的珠繡布疋，替她把線理整齊。
思緒卻沒能像線團一樣收攏，摔跌的碎珠散落一地。

深夜的大老鼠啊，快出來叫幾聲，說是你在這裡，不要讓敲門的聲音響起。
幫忙看家的鄰居會發現我躲在家裡。
一開燈，他們會發現我的手、我的腳甚至我的肚腹都多了以前沒有的暗紅色痕跡。

我暗暗地走在太陽出來前的謐藍天空下。趁著老人家清醒前最後的時光，
回頭去看。微涼的霧氣纏繞大樹，準備綻放的花苞順風搖晃，
在一切又將變得鮮活的山谷裡，我忘記帶走我的心。
可是我的心啊，你不要像忠貞的獵狗一樣向著我追過來，好好留在我安置你的地方。
在我的眼淚降成雨的時候，你才能像青苔那樣，一吸水就能青綠。
在我遇到難關時，你才能像山羊一樣，多高的地方都爬得上去。
我就又要到那再也看不見部落的地方了啊。
我就又要到那再也看不見部落的地方了啊。

邱立仁

〈斷層，獠牙〉（二〇一六）

〈山裡的話，有他們的名字〉（二〇二一）

〈外婆的 bunun〉（二〇二二）

Pering Nokan，一九九六年生，南投縣仁愛鄉中原部落賽德克族。就讀靜宜大學原住民族文化碩士學位學程四年級。爸爸是 Ukan Pering 中原部落的，媽媽是 Iwan Neyung 清流部落的，爺爺是 Pering Pawan 是 Paran（霧社高峰一帶），奶奶是 Obing Neyung 也是 Paran 的人。興趣是聽耆老們的逐字稿，跟耆老們聊天、學他們怎麼講中文、講族語。也還在練習慢慢感受他們所說很重卻一直在生活中的 Gaya（部落共同遵循代代流傳下來的話語），也試著把他們的故事用詩寫下來。

斷層，獠牙

長輩們熱情地手拿竹竿，在千百個枝臂裡搔癢
梅子樹搖搖晃晃，笑到哭了起來
草地忌妒白網，搶在他上頭
蒐集灑落的青色淚珠
以及透著午後陽光的汗水

流籠享受在枝葉與綠梅由上往下的按摩
麻布袋就像父親一樣，在溜滑梯下
擁抱一群調皮孩子們的滾落

婦女們熟練的雙手，一針一線縫上
深怕他們逃走似的，於是輕輕地將他們
抬上了少年的肩，顫抖之後的平穩

那是父母們的笑容

利刃悄悄隱沒在黑色毛皮下
山豬嘶吼著，那是喜宴的號角

純真的孩子，穿過了會場
穿過了清理豬腸的母親
穿過了盛著緩緩滴落豬血的表哥
穿過了分割豬身體的大伯
穿過了邊背著嬰兒邊切豬皮的外婆
穿過敬酒的新婚夫婦
啪！撞到了紅白的織衣，在布滿皺紋的五官
與臉龐的紋面之間，是一道上揚的弧
他徐徐地，在稚嫩的雙手
留下白色的獠牙

走在光陰的路上，我跌倒了

中年男子對著梅子林呼喊
應聲的是那持續不斷的滑鼠聲
以及按落在鍵盤上的回音
原來每棵樹下，都有個孩子
為著那虛擬而遠大的方型世界
奮鬥著——

生鏽的鈍刀，垂掛在橫木下
微微擺動，隱約閃爍著光影
映著喜宴時，湯勺
橫躺在藥墩排骨旁的冷光
以及孩子們瞳孔中
來自框框世界裡的光線

走在光陰的路上，我跌倒了
你輕輕地扶起，拭去
彼此眼角的淚
說「對不起」那刻，你拾起
斷了的獠牙，在那鴻溝之間
搭起一道彩虹橋
伸手，邀請我
同歸祖靈的臂彎

山裡的話，有他們的名字

晚上，他升起火
清晨撥開灰裡的炭
吹氣，是紅色的。
他說可以去了

他在入山前的小路
領聽祂們的歌聲、祂們的身影
祂們帶著山的情緒
一閃而過
他說可以去了

彎下的樹桿
勾住亮亮的足徑

用土、樹葉裝飾地上的門
他說可以說了

「Walis Pawan, Pawan Nokan, Ukan Tado, Tado Umin……」
他一個人蹲著，說出的每個名字
好像都跟著每片葉子
緩緩地停在土上
從山羌皮包，拿出尾巴
在門口畫圈，彷彿所有的人都歡迎
牠們來到部落裡

那夢是一頭脫了繩的牛
他說可以去了，要多帶一條線
那夢是山頂滾落的塵土與石頭
他說可以去了，準備好背籃。

那夢是狂風暴雨，森林東倒西歪
他說可以去了，要多帶點人一起。

關於過去的這些話
爺爺曾跟他說
「這些話，如果跟你很合，你就好好背。」
他對他的孫子說
「你喜歡山上嗎？我帶你去啊！」
孫子說：「我的名字也會在裡面嗎？」

我們的名字不會在話裡
而我們的話，會留在以後的每個名字

外婆的 bunun[1]

我喜歡聽外婆說故事，她說的每句話
都因自己的不理解成為詩
而這些是很久以前的故事了

有一次外婆與我的母親吵架
她說：
認真……工作……你
很好……身體……小孩們
沒有……舌頭……以後
母親說：

1 bunun：細長的小棍子，約一根手指長。

不同……世界了……工作……一直
錢……沒有……工作……吃什麼
過去了…就……我們……過去了
讀書……沒有太陽……小孩們

那時我喜歡偷偷地去外婆家
有天，她帶我到小小的房間裡
她說：很乖……你……很聽……老人的話……你
我說：我，頭腦，是，不好。
她說：不好……頭腦……我的。很重……舌頭……你的……輕一點
她從木製舊盒裡拿出手指大小的棍子，說：
問……不見了……東西……它……，bunun……是……它
黏……手上……有
掉……地上……沒有
問……它……你

我說：我們的衣服還在嗎？
掉落的 bunun 慢慢地滾到外婆的整經架旁
她說：什麼……說……你，用……舌頭……我們的……再一次
我說：衣服，我們的，還在？
bunun 直直地黏在外婆的食指上

後來有一位頭髮跟 Awe[2] 外婆一樣白的長輩 Pawan[3] 來拜訪
Pawan：Awe！迷路……牛……養了十年了，幫忙……一下……你
Awe 外婆：哦！問……你……先
Pawan：活著……牛……我的……還在嗎？
Awe 外婆：活著……牛……Pawan 的……還在嗎？

2　Awe：人名
3　Pawan：人名。

bunun 直直地黏在外婆的食指上
Awe 外婆：活著……牛……你的……還在。問……你……繼續
Pawan：在土地……Pering[4] 的……牛……我的……嗎？
Awe 外婆：在土地……Pering 的……牛……他的……嗎？
bunun 墜落到了地上
Awe 外婆：沒有……在那裡
Pawan：在土地……Walis 的……牛……我的……嗎？
Awe 外婆：在土地……Walis 的……牛……他的……嗎？
bunun 直直地黏在外婆的食指上
隔天，我與外婆就一起在庭院殺 Pawan 長輩給的雞

都是很久很久以前的故事了
母親說要好好工作，於是我好好地工作
一直到母親頭髮白得像外婆一樣
以及她的孫子們也都長大了

那一天母親在小小的房間問我
母親：Bakan[5]去哪裡了我的bgiya[6]？
我：bubu你問我嘛，你問說，找得到還找不到？
母親：我的bgiya找得到還找不到？
我：bubu的bgiya還找得到嗎？
外婆的bunun直直地黏在我的食指上
我：媽！還在，你繼續問問看。
母親：是不是在我bubu[7]的織布箱裡？
我：是不是在bubu的bubu的織布箱裡頭？
外婆的bunun搖搖晃晃地在我食指上
不久，母親在庭院給她孫子穿上了自己織的披肩

4 Pering：人名。
5 Bakan：人名。
6 bgiya：織布用工具。
7 bubu：「母親」之意。

章家祥

〈織一個未來〉（二〇一六）

〈霧裡新生的櫻芽〉（二〇一七）

Ataw Kaleah，一九九七年生於臺中雙崎部落，賽夏族。一個悠遊在山林與城市的原住民青年。喜愛織布、寫作、植栽和烘焙，喜歡穿梭於城市森林、咖啡廳之間，駐足其間思考人生疑問、觀察眼前世界的流動與轉變，並且書寫當下的疑惑、喜悅與惆悵，將生命瞬間記下，並在文字裡發芽、壯大。亦於織作織品的每一步中，緩緩地思考人生、感受纖維的粗糙、細膩、涼爽與溫暖，讓生命織進織品之中。

目前為人類學學徒，希望透過對於泰雅織品藝術的研究，探究當代泰雅族織布意義與未來發展。希冀未來透過藝術創作及文學創作，表達自身對於族群的關懷、自我的踏查和鋪墊未來的生命道路。

織一個未來

之一：過去

捶搗的苧麻擱在古老的手掌
浸染土地潸然流出的墨淚
一穿一梭
簇擁成臉頰踏實的圖騰

gaga[1] 踏上自己的路程
咚、咚、咚
也許織布是女人的天職

苧麻扎根東邊島嶼
文化來自祖靈

雨後的日耀，喚醒
彩虹的古老記憶

之二：現在

夢的風帆拐了錯彎
船隻擱淺在扭曲的礁岸

女人依舊織布，織一個夢
夢在覺醒前，扯破
女人沒了勇氣，再織一個百年的夢

---

1 gaga在泰雅族語中，大致有三種層次之意：一為社會範疇層次，遵循特定規範所形成的社會範疇。二為規範層次，應當遵守的規範或者實然的秩序。三為個人特質層次，個人的能力與耕種的方法、人的肢體動作、走路、說話的樣子等外顯特質。

夢在覺醒前，扯破
女人，乘破了帆的船
無盡的孤寂，禁錮
湍流無力推波，下一個
文化港口

之三：？

按鈕，快速編織
棉料涼感的推波
平價無憂的置入
商業攫住文化的尾巴，用力
冷冰冰的，風華
沉寂的圖紋，遺忘的技法

酒酣耳熟之際，gaga 迷了路
說，科技始終來自於人性
女人捎來耳訊：
無須煩憂，何處
拾來一雙織女的手
織一個
古老的未來

霧裡新生的櫻芽

一、掙扎

文字陷落在霧的掌心
櫻芽擱淺在觀音溪的臂膀
yaki[1]甦醒一地竹火
禁止我在霧中吟和
霧沾上點墨
一撇一捺，重組
墜落在深谷裡的
自己，思索
深山裡的，溪水旁的
鋼筋水泥的，捷運車廂裡的

自己，哪個才是真的

二、蘊養

花子她第十八個擱淺的年頭
依然耕種著小米的黃昏
Pisuy[2] 鐮刀伐幾支 yunan[3] 的老竹
好讓二郎，修築
遮風避雨的高架屋
Toyu 用竹簍撈起霧裡的文字

---

1 yaki：泰雅族語，意指外婆、奶奶或年長女性。
2 Pisuy 和後文中出現的 Toyu、Cibi 皆為泰雅族女性的名字。
3 yunan：泰雅族語，「山上」之意。

Yumin[4] 升起一地竹火，烤乾
Cibi 偷藏的溼浸模糊的文字
都蘊養著 gaga 的土壤
Yaki 不曾懷疑過，誰的名字
從不在這片部落的山林裡存在

三、**新生**

我的第十八個年頭，沒有土地
從未看見種植小米的晨露與晚霞
yaya[5] 予我一株櫻芽，她說
下次的霧，送她一個禮物
用這個櫻芽，呼喚
霧裡輕柔綻放的緋櫻，我
身分證上鐫刻，古老的

陌生的，自己
重新認識，羅馬拼音的
燦爛寒櫻

4 Yumin：泰雅族男性的名字。
5 yaya：泰雅族語，「母親」之意。

拉夫喇斯·璟榕

〈吉夢〉（二〇二〇）

Ljavuras Zingrur，一九九八年初生於屏東市，一半排灣、一半布農，二十歲後才認識部落，一切都還在學習的路上，不見盡頭的路上。如同〈吉夢〉的敘事者，曾在夢裡、想像中反覆地編構自己與「原住民」的連繫。想著，要從現代社會復返精神原鄉，仍然需要依靠一些想像、虛構，而如今更期待自己以雙腳踏實母土、以口舌流淌母語，真實地孕育著「吉夢」的胎。

吉夢

「終於，他不在游離
任山風和獸鳴肢解軀體
嗅他遺失的氣息。」

「這是吉夢啊。」母親親吻我不安的額頭
她衰弱的腹與我的喘息同步起伏
呼吸，她說：「呼吸」
然後安息

她的身體有夢囈的質地
腹上的疤痕已長滿青色的絨毛
底下是墓塚，埋著遺忘的臉譜
此刻，我是走失的獵人

在黑夜中顫慄

沉穩的母音在遠方的山頭凝聚
月光下鋪出乳白色的路徑
我輕聲地模仿、應和
歌謠如溪流爬進我喉頭
味道像淚水，源頭是嘗過甘苦的眼

肺溼潤了
生物以從前的姿態在裡頭棲息

一聲羌響——驚醒肩上的精靈
「到了嗎？」他們揉著眼問
腐葉下足跡散亂，篝火餘煙猶疑地指著一條小徑
「才離開不久吧。」我安撫道

走了一夜能有多遠，我已來到夢的邊緣
嚥一口這裡的泥土
等微弱的心跳把我喚醒

我　會在哪裡醒來？

一隻螞蝗正吸吮著我的小腿
像條臍帶，孕育我
與夢的胎

陳奕宏

〈解釋是無限的迴圈〉（二〇二二）

kuii vavulengan，二〇〇一年生，屏東縣瑪家鄉三和部落排灣族。在都市和部落間游移，在成為 caucau 和成為 bunun 的路上掙扎著什麼都想試試的醫學生。

解釋是無限的迴圈

需要不停地解釋
冰箱的那隻鹿腿是祖靈的餽贈
悶騷小米精靈在時間溫度溼度之間
醞釀的香醇
是公賣局無法參透的
工寮的那些黃藤與箭竹
是不需要鐵絲和釘子的錯綜複雜
戰功的旋律遊走在黑鍵與白鍵之間的音層
是不符合十二平均律的和諧

要不停地解釋
很白　白到透紅又晒不黑
但真的很努力穿無袖站在太陽底下了

單眼皮又鳳眼
一個人在房間會拉扯自己的眼皮
試著維持僅僅三秒的雙眼皮
媽媽是客家人
但比爸爸鼓勵我參加文化活動
沒有回過部落
因為爸爸和家族的人撕破臉
唱歌會走音
但我嘴巴唱出來的音是按著鋼琴一個一個音練習過的
喝酒只喝威士忌而且要玩吹牛
因為只聊天的話　我抓不準「矮」和「以」要怎麼用

要先花很多時間
要跟主流搶時間
要跟逝去搶時間

但又要先吃飽　要先自己
說服自己
即使世界不是這樣教導你

不停的解釋
幸運時
你是有憑有據有根有基言之有理
若不然
自說自話自圓其說自以為是
他不願意聽
或他聽不懂
或他願意聽但聽不懂
這些處心積慮與身體衝撞的破碎
最後恭喜你

始終沒有受傷的權利
因為你就只是無病呻吟玻璃心

解釋
你唯一的選擇是繼續解釋

羅王真

〈腹語術〉（二〇一七）

Dresedrese，二〇〇三年出生於新竹，高雄茂林多納部落（Kunadavan）魯凱族。爸爸、媽媽是高雄人，後來移居到臺東，一直到高中畢業。在臺東讀幼稚園時，因為自己是原住民，所以被抓去學阿美族語，國、高中時則是學排灣族語。好像學了很多，然而都不深刻。到北部讀書後，才想到要試圖拼湊自己是誰。總覺得不管在哪個族群或區域裡，都感到格格不入，似乎可以是任何人，但卻也不能完全是。

第一個學會的多納魯凱語單字是「kaacyacipi」，鍬形蟲的意思。第二個學會的才是自己的名字。不過直到最近才知道自己的名字怎麼拼寫，而且有好長一陣子都把 Dresedrese 寫成 ljeljase。

腹語術

開始了，嗩吶的伴奏
披著飽受太陽眷顧的皮膚
配著疾風番刀的他　站上了舞臺

擅長腹語的他，帶著農家氣息的木偶
穿上討喜大紅色，單眼皮白白胖胖
一臉福氣的漢人木偶，微笑著

ㄉ到ㄦ他能字正腔圓地唱出來
像是在唱原始的山歌
臺下的老師連忙叫好
能同化山上的孩子，誰不想要？

開始了，虛假的聲音
愈漸活潑的木偶，不知不覺占上風
唐詩、三字經、打油詩、弟子規
都難不倒他　原屬於泥土山林的他

社會強制賦予的發聲方式
被迫使用腹語的虛假學子
用萎縮的舌換神奇的魔法

結束了，漢字編織的布幕後
綻放著的百合花笑顏
將死去的百步蛇信仰
腹中茁壯成長的文化
消化了　舌與族語

《臺灣原住民文學選集・詩歌》作者名錄

詩歌（一）作者

高一生（'Uongu Yata'uyungana，矢多一生）
陸森寶（Baliwakes）
奧崴尼・卡勒盛（Auvinni Kadreseng，邱金士）
陳昱君（Sungedru Katadrepan）
孫大川（paelabang danapan）
金來姻（Kaheciday）
莫那能（Maljaljaves Mulaneng）
卜袞・伊斯瑪哈單・伊斯立端（Bukun Ismahasan Islituan）
伊替・達歐索（itih a ta:oS，根阿盛）
溫奇（Ljavuras Giring）
林志興（Agilasay Pakawyan）
曾有欽（Pukiringan Ubalat）
梁芬美（Baitzx Niahosa）
瓦歷斯・諾幹（Walis Nokan）
蔡光輝（Sibu Udung）
桂春・米雅（Kuei Chun Miya）
林佳瑩
格格兒・巴勒庫路（Kereker Palakurulj）
董恕明
林朱世儀（Tama Uki）
多馬斯・哈漾（Tumas Hayan，李永松）
幸光榮（Tiang Matuleian Tansiki an）
謝來光（Si Ngahephep）
乜寇・索克魯曼（Neqou Soqluman）

詩歌（二）作者

陳宏志（Walice Temu）
撒韵・武荖（Sayum Vuraw）
蔡雲珍（Sunay Swana Olaw）
賴勝龍（Talu）
伍聖馨（Abus Takisvilianan）
胡志偉
哈肴恩舞依浪（Hayuen Wuilang）
姜憲銘（Tupang Kiciw Nikar）
筆述一・莫耐（Pisuy Bawnay）
沙力浪・達岌斯菲芝萊藍（Salizan Takisvilainan，趙聰義）
馬翊航（Varasung）
邱聖賢（Salizan Lavalian）
陳孟君（Tjinuay Ljivangraw）
潘一帆（Maqundiv Binkinuan）
林睿麟
然木柔・巴高揚（Lamulu Pakawyan）
林睿鵬
拉蒻・進成（Daong Cinceng）
游悅聲（Sonun Nomin ）
杜芸璞（Nikal Kabala'an ）
亞威・諾給赫（Yawi Yukex）
游以德（Sayun Nomin）
黃璽（Temu Suyan）
卓家安（Ihot Sinlay Cihek）
潘宗儒（paljaljim paljatja）
巴干・瓦歷斯（Bakan Walis）
莊嘉強（Kacaw Sapud Kiwit）
嚴毅昇（Cidal）
林纓
蔡宛育（Tjiasa）
邱立仁（Pering Nokan）
章家祥（Ataw Kaleah）
拉夫喇斯・璟榕（Ljavuras Zingrur）
陳奕宏（kuii vavulengan）
羅王真（Dresedrese）

——感謝各界協助出版——

原住民族委員會
花蓮縣政府文化局
臺東生活美學館
國立臺灣文學館
國家人權博物館

人間出版社
山海文化雜誌社
時報文化出版企業股份有限公司
國立臺東大學華語文學系
晨星出版有限公司
遠景出版事業有限公司
讀冊文化事業有限公司

臺灣原住民文學選集・詩歌（一）～（二）

2024年11月初版　　定價：新臺幣750元

作者	高一生等
主編	孫大川
副主編	董恕明
執行主編	林宜妙
叢書主編	孟繁珍
特約編輯	黃衷之
	鄭之雅
打字校對	鄭之雅
內文排版	黃鈺茹
封面繪圖	蔡佩含
封面設計	兒日

選文暨編輯團隊
召集人：孫大川
行政統籌：林宜妙
小說：蔡佩含、施靜沂
詩歌：董恕明、甘炤文
文論：陳芷凡、許明智
散文：馬翊航、陳溱儀

出版者	原住民族委員會
	中華民國台灣原住民族文化發展協會
	山海文化雜誌社
	聯經出版事業股份有限公司
地址	新北市汐止區大同路一段369號1樓
叢書主編電話	(02)86925588轉5318
台北聯經書房	台北市新生南路三段94號
電話	(02)23620308
印刷者	世和印製企業有限公司
總經銷	聯合發行股份有限公司
發行所	新北市新店區寶橋路235巷6弄6號2樓
電話	(02)29178022

編務總監	陳逸華
總編輯	涂豐恩
總經理	陳芝宇
社長	羅國俊
發行人	林載爵

行政院新聞局出版事業登記證局版臺業字第0130號

本書如有缺頁，破損，倒裝請寄回台北聯經書房更換。　　ISBN 978-957-08-7508-9 (平裝)
聯經網址：www.linkingbooks.com.tw
電子信箱：linking@udngroup.com

國家圖書館出版品預行編目資料

臺灣原住民文學選集・詩歌（一）～（二）/高一生等著．
孫大川主編．初版．新北市、臺北市．原住民族委員會、中華民國
台灣原住民族文化發展協會、山海文化雜誌社、聯經．2024年11月．
共600面．14.8×21公分．
ISBN 978-957-08-7508-9（平裝）

863.851 113015044